〔唐〕李商隱 著

李商隱詩選

廣陵書社
中國·揚州

圖書在版編目（CIP）數據

李商隱詩選 / （唐）李商隱著. -- 揚州 : 廣陵書社, 2019.1
（經典國學讀本）
ISBN 978-7-5554-1169-7

Ⅰ. ①李… Ⅱ. ①李… Ⅲ. ①唐詩一詩集 Ⅳ. ①I222.742

中國版本圖書館CIP數據核字(2018)第288220號

書　　名　李商隱詩選
著　　者　(唐)李商隱
責任編輯　李　潔
出 版 人　曾學文
裝幀設計　鴻儒文軒

出版發行　廣陵書社
揚州市維揚路 349 號　郵編:225009
(0514) 85228081(總編辦)　85228088(發行部)
http://www.yzglpub.com　E-mail:yzglss@163.com
印　　刷　三河市華東印刷有限公司

開　　本　880 毫米 × 1230 毫米　1/32
印　　張　6.25
字　　數　68 千字
版　　次　2019 年 1 月第 1 版
印　　次　2019 年 1 月第 1 次印刷
書　　號　ISBN 978-7-5554-1169-7
定　　價　35.00 圓

李義山

義山能爲古文不喜偶對從事令狐楚幕楚能章奏遂以其道授之自是始爲今體章奏博學強記下筆不能自休尤善爲誄奠之辭與太原溫庭筠南郡段成式齊名時號三十六體文思清麗庭筠過之

清上官周繪李商隱小像　乾隆八年刻本《晚笑堂畫傳》

《全唐詩》李商隱傳

李商隱，字義山，懷州河内人。令狐楚帥河陽，奇其文，使與諸子遊。楚徙天平、宣武，皆表署巡官。開成二年，高鍇知貢舉，令狐綯雅善鍇，奬譽甚力，故擢進士第。調弘農尉，以忤觀察使，罷去。尋復官。又試拔萃中選。王茂元鎮河陽，愛其才，表掌書記，以子妻之，得侍御史。茂元死，來遊京師，久不調，更依桂管觀察使鄭亞府為判官。亞謫循州，商隱從之，凡三年乃歸。茂元與亞皆李德裕所善，綯以商隱為忘家恩，謝不通。京兆尹盧弘正表為府參軍，典箋奏。綯當國，商隱歸，窮自解，綯憾不置。弘正鎮徐州，表為掌書記。久之，還朝，復干綯，乃補太學博士。柳仲郢節度劍南東川，辟判官、檢校工部員外郎。府罷，客滎陽卒。商隱初為文，瑰邁奇古。及在令狐楚府，楚本工章奏，因授其學，商隱儷偶長短而繁縟過之。時溫庭筠、段成式俱用是相誇，號『三十六體』。《樊南甲集》二十卷、《乙集》二十卷，《玉谿生詩》三卷。今合編詩三卷。

編輯説明

自上世紀九十年代始，我社陸續編輯出版一套綫裝本中華傳統文化普及讀物，名爲《文華叢書》。編者孜孜矻矻，兀兀窮年，歷經二十載，聚爲上百種，集腋成裘，蔚爲可觀。叢書以内容經典、形式古雅、編校精審，深受讀者歡迎，不少品種已不斷重印，常銷常新。

國學經典，百讀不厭，其中藴含的生活情趣、生命哲理、人生智慧，以及家國情懷、歷史經驗、宇宙真諦，令人回味無窮，啓迪至深。爲了方便讀者閲讀國學原典，更廣泛地普及傳統文化，特于《文華叢書》基礎上，重加編輯，推出《經典國學讀本》叢書。

本叢書甄選國學之基本典籍，萃精華于一編。以内容言，所選均爲家喻户曉的經典名著，涵蓋經史子集，包羅詩詞文賦、小品蒙書，琳琅滿目；以篇幅言，每種規模不大，或數種彙于一書，便于誦讀；以形式言，採用傳統版式，字大文簡，讀來令人賞心悦目；以編輯言，力求精擇良善版本，細加校勘，注重精讀原文，偶作簡明小注，或酌配古典版畫，體現編輯的匠心。

當下國學典籍的出版方興未艾，品質參差不齊。希望這套我社經年打造的品牌叢書，能爲讀者朋友閱讀經典提供真正的精善讀本。

廣陵書社編輯部

二〇一七年十二月

出版說明

李商隱（約八一二—八五八），字義山，號玉谿生，又號樊南生。懷州河内（今河南沁陽）人。早孤，年十六以古文知名，謁見天平軍節度使令狐楚，楚奇其才，授以駢體章奏法，令與諸子遊，並任商隱為幕府巡官。開成二年（八三七），因楚子令狐綯之薦，登進士第。令狐楚卒，商隱又入涇原節度使王茂元幕為掌書記，茂元以女妻之。時牛李黨爭，令狐氏屬牛黨，而王茂元與李黨相親近，故商隱此舉被牛黨責為『詭薄無行』，令狐綯亦怨恨他『負家恩』，詆其『放利偷合』，在政治上予以排擠，是以李商隱終身仕途蹭蹬，沉淪幕府，卒年不滿五十。

李商隱是晚唐著名詩人，與杜牧齊名，人稱『小李杜』。又與溫庭筠、段成式皆以駢文知名，三人都排行第十六，故時號『三十六體』。《新唐書·藝文志》著錄有《樊南甲集》二〇卷、《樊南乙集》二〇卷、《玉谿生詩》三卷、賦一卷，文一卷。文集已失傳，後人有輯本，詩集今存。《全唐詩》編其詩為三卷。

在晚唐詩人中，李商隱詩歌藝術成就很高。其古體詩多學名家，如五古《行次西郊作一百韻》學杜甫、《海上謠》學李賀，七古《韓碑》學韓愈等。近體詩則以七律最為人所稱道，既學杜甫七律嚴謹沈著，又融合齊梁詩的濃艷多姿、李賀詩的浪漫幻想，自成一派，精於用典，寄託深遠，形成了綺麗精工的特色。《唐才子傳》評云：『如百寶流蘇，千絲鐵網，綺密瓌妍。』這種風格影響深遠，宋代形成專學李商隱之『西崑派』。

李商隱詩歌中藝術成就最高的是愛情詩，這一類詩大多含義朦朧、詩旨隱晦，或題為《無題》，或取詩中二字為題，難以索解其本事。商隱自言：『為芳草以怨王孫，借美人以喻君子。』（《謝河東公和詩啟》）乃是有所寄託之作，卻均未明言。歷代學者對此猜測紛紜，故金人元好問有『詩家總愛西崑好，獨恨無人作鄭箋』之嘆。然而拋開對隱藏題旨的追索，僅僅以愛情詩觀之，這些作品深情綿邈、淒艷動人，實為佳作。如《無題》詩中的『春蠶到死絲方盡，蠟炬成灰淚始乾』，『身無彩鳳雙飛翼，心有靈犀一點通』等，都是傳誦千古的名句。

李商隱詩歌另一個特色是多有抨擊時弊、抒發憤慨之作，他關心現實政治，對於晚唐國運頗為憂慮。其詩歌有直述政治看法的《行次西郊作一百韻》《有感》《重有感》《安定城樓》《哭劉蕡》等，對於當時藩鎮跋扈、宦官專横、生民疾苦等現象均有反映。這種風格直接繼承了杜甫的現實主義精神，宋人王安石贊為：『唐人知學老杜而得其藩籬者，唯義山一人而已。』(《蔡寬夫詩話》)時政詩外，李商隱還運用詠史詩這種體裁，曲折抒發對現實政治的諷刺和感喟，如《賈生》《馬嵬》《富平少侯》《北齊》《隋宮》等，都是他詠史詩中含有諷刺和寄託的名作。

因為『虛負淩雲萬丈才，一生襟抱未曾開』(崔珏《哭李商隱》)，李商隱的詩歌中常常流露出憂鬱感傷之意，既感嘆個人仕途的懷才不遇，亦憂心世運的衰微不振，其中名句如《登樂遊原》：『夕陽無限好，只是近黃昏。』寫出了他處於一個日薄西山的時代，無可奈何的心情。其小詩另有一些情緒低沉卻清麗可誦的句子，如『留得枯荷聽雨聲』『更持紅燭賞殘花』之類，哀而不傷，能喚起讀者美的感受。

我社此次編輯出版《李商隱詩選》，主要以《全唐詩》所收李商隱詩三卷為底本，參校清馮浩著《玉溪生詩集箋注》、朱鶴齡著《李義山詩集注》和今人劉學鍇、余恕誠著《李商隱詩歌集解》，葉蔥奇疏注《李商隱詩集疏注》等較為經典的校箋、解讀本，精選李商隱詩中具有代表性的作品，略作簡注，輯録名家詩評，並附録李商隱年譜簡編（參考《李商隱詩歌集解》附録之《李商隱年表》）。

廣陵書社編輯部

二〇一八年十一月

目録

李商隱詩選

錦瑟

錦瑟無端五十絃〔一〕，一絃一柱思華年。莊生曉夢迷蝴蝶〔二〕，望帝春心託杜鵑〔四〕。滄海月明珠有淚〔五〕，藍田日暖玉生煙〔六〕。此情可待成追憶，只是當時已惘然。

選注：

〔一〕錦瑟句：錦瑟是一種古代樂器，通常為二十五絃。此處說『五十絃』，歷來有兩種解釋，一云為古瑟，一云比喻『斷絃』即喪偶之意。

〔二〕莊生句：《莊子·齊物論》：『昔者莊周夢為蝴蝶，栩栩然蝴蝶也。』此處借指分不清真實和夢幻。

〔四〕望帝句：望帝為傳說中古蜀國王，《成都記》云：『望帝死，其魂化為鳥，名曰杜鵑。』

〔五〕滄海句：此句似融合兩個典故。《大戴禮記》云海中蛤蚌等產珠，『與月盛虛』，隨著月亮月缺而變化。又，《博物志》載南海有鮫人，『其眼能泣珠』。

〔六〕藍田句：藍田在唐時長安縣（即今陝西西安市），《長安志》載：『其山產玉。』《困學紀聞》引司空圖語：『戴容州叔倫謂詩家之景，如藍田日暖，良玉生煙。』

彙評：

沈厚塽《李義山詩集輯評》：朱彝尊曰：此悼亡詩也。意亡者善彈此，故睹物思人，因而託物起興也。瑟本二十五絃，一斷而為五十絃矣，故曰『無端』也，取斷絃之意也。『一絃一柱』而接『思華年』三字，意其人年二十五而歿也。蝴蝶、杜鵑，言已化去也；『珠有淚』，哭之也；『玉生煙』，葬之也，猶言埋香瘞玉也。此情豈待今日『追憶』乎？只是當時生存之日，已常憂其至此，而預為之『惘然』，意其人必婉然多病，故云然也。○何焯曰：此篇乃自傷之詞，騷人所謂美人遲暮也。『莊生』句言付之夢寐，『望帝』句言待之來世；『滄海』『藍田』言埋而不得自見；『月明』『日暖』則清時而獨為不遇之人，尤可悲也。

清·薛雪《一瓢詩話》：此詩全在起句『無端』二字，通體妙處，俱從此出。意云：錦瑟一絃一柱，已足令人悵望年華，不知何故有此許多絃柱，令人悵望不盡；全似埋怨錦瑟無端有此絃柱，遂使無端有此悵望。即達若莊生，亦迷曉夢；魂為杜宇，猶託春心。滄海珠光，無非是淚；藍田玉氣，恍若生煙。觸此情懷，垂垂追溯，當時種種，盡付惘然。對錦瑟而興悲，歎無端而感切。如此體會，則詩神詩旨，躍然紙上。

清·姜炳璋《選玉谿生補說》：心華結撰，工巧天成，不假一毫湊泊。

重過聖女祠〔一〕

白石巖扉碧蘚滋，上清〔二〕淪謫得歸遲。一春夢雨〔三〕常飄瓦，盡日靈風不滿旗。蕚綠華〔四〕來無定所，杜蘭香〔五〕去未移時。玉郎會此通仙籍〔六〕，憶向天階問紫芝。

選注：

〔一〕聖女祠：在陳倉（今陝西省寶雞市）大散關之間。祠祀聖女神。

〔二〕上清：道教所云『三天』亦名『三清境』，曰玉清、上清、太清。上清是真神之所登。

〔三〕夢雨：迷濛細雨。金·王若虛《滹南詩話》：『雨之至細，若有若無者，謂之「夢」。』又，戰國·宋玉《高唐賦》云楚王遊雲夢之臺，夢見巫山神女，自稱：『妾在巫山之陽，高丘之阻。朝為行雲，暮為行雨，朝朝暮暮，陽臺之下。』

〔四〕萼綠華：仙女名。南朝·陶弘景《真誥》說萼綠華為年二十上下的青衣女子，自稱南山人，曾於晉升平三年多次降臨羊權家，引導羊權成仙。

〔五〕杜蘭香：仙女名。唐·杜光庭《墉城集仙錄》記漁人於洞庭岸邊拾到一個女嬰，撫養到十餘歲，有青童靈人從天而降，攜女升天，女子告知漁人：『我仙女杜蘭香也，有過，謫於人間。……今去矣。』

〔六〕仙籍：仙家姓名簿籍。《金根經》稱仙籍由領仙玉郎所掌管。

彙評：

清·張謙宜《絸齋詩談》：《重過聖女祠》云：『一春夢雨常飄瓦，盡日靈風不滿旗。』思入微妙。夫朝雲暮雨，高唐神女之精也。今經春夢中之雨，歷歷飄瓦，意者其將來耶？來則風肅然，上林神君之跡也，乃盡日祠前之風尚未滿旗，意者其不來耶？恍惚縹緲，使人可想而不可即。鬼神文字如此做，真是不可思議。

清・趙臣瑗《山滿樓箋注唐詩七言律》：此借題以發抒己意也。從來才人失志，其一種無聊不平之思，必有所託，或託諸美人，或託諸香草，或託諸神仙鬼怪之事，如屈子之《離騷》是也。……『得歸遲』三字是通篇眼目。

清・胡本淵《唐詩近體》：『一春夢雨常飄瓦，盡日靈風不滿旗』，寫得迷離惝怳。

俞陛雲《詩境淺說》：玉谿此篇，藉以寓身世之感，起結皆表明其意……收筆承第二句『上清淪謫』之意，言曾侍玉皇香案，采芝往事，長憶天階。全篇皆空靈縹緲之詞，極才人之能事矣。

霜月

初聞征雁已無蟬，百尺樓高水接天。青女素娥〔一〕俱耐冷，月中霜裏鬭嬋娟〔二〕。

選注：

〔一〕青女：神話中主管霜雪的女神。《淮南子·天文訓》：『秋三月……青女乃出，以降霜雪。』素娥：月中嫦娥的別稱。唐·李周翰注《文選·月賦》：『嫦娥竊藥奔月，月色白，故曰素娥。』

〔二〕嬋娟：姿容美好。

彙評：

清·紀昀《玉谿生詩說》：首二句極寫搖落高寒之意，則人不耐冷可知。卻不說破，只以青女、素娥對照之，筆意深曲。

清·張文蓀《唐賢清雅集》：託興幽渺，自見風骨。

鄒弢《精選評注五朝詩學津梁》：次句極寫搖落高寒之意，則人不耐冷可知，妙不說破，只以對面襯映之。

蟬

本以高難飽，徒勞恨費聲。五更疎欲斷，一樹碧無情。薄宦梗猶汎〔一〕，故園蕪〔二〕已平。煩君最相警，我亦舉家清。

選注：

〔一〕薄宦：卑微的官職。梗猶汎：用《戰國策》寓言典故，土梗（土偶）嘲諷木梗（木偶）：『汝逢疾風淋雨，漂入漳河，東流至海，汎濫無所止。』

〔二〕故園蕪：晉·陶潛《歸去來辭》：『歸去來兮，田園將蕪兮胡不歸？』

彙評：

清·顧安《唐律消夏錄》：首二句寫蟬之鳴，三、四寫蟬之不鳴；『一樹碧無情』，真是追魂取氣之句。五、六先作『清』字地步，然後借『煩君』二字折出結句來，法老筆高，中晚一人也。

清·吴喬《圍爐詩話》：義山《蟬》詩，絕不描寫用古，誠為傑作。

清·姚培謙《李義山詩集箋注》：此以蟬自況也。蟬之自處既高矣，何恨之有？三承『聲』字，四承『恨』字。五、六言我今實無異於蟬。聽此聲聲相喚，豈欲以警我耶？不知我舉家清況已慣，毫無怨尤，不勞警得也。

清·蘅塘退士《唐詩三百首》：無求於世，不平則鳴；鳴則蕭然，止則寂然。上四句借蟬喻己，以下直抒己意。

贈劉司户〔一〕

江風吹浪動雲根〔二〕，重碇〔三〕危檣白日昏。已斷燕鴻初起勢，更驚騷客後歸魂〔四〕。漢廷急詔誰先入〔五〕，楚路高歌〔六〕自欲翻。萬里相逢歡復泣，鳳巢西隔九重門〔七〕。

選注：

〔一〕劉司戶：名劉蕡（？—八四八），字去華，昌平（今北京昌平）人。寶曆二年進士，大和二年在策論中抨擊宦官專權，被貶柳州司戶參軍，卒。李商隱此詩即作於劉蕡被貶之際，為其遭遇深感不平。

〔二〕雲根：指岸邊的石頭。《天中記》：『詩人多以石為雲根，以雲觸石而生也。』

〔三〕碇：通『矴』，繫船的椿石。

〔四〕騷客：即詩人，騷指屈原《離騷》。宋玉曾為屈原作《招魂》詩。

〔五〕漢廷句：用《漢書·賈誼傳》典故，賈誼被貶謫後一年多，文帝思之，又徵召還朝。

〔六〕楚路高歌：指《論語》中描寫的楚狂接輿在孔子面前高歌：『鳳兮鳳兮，何德之衰？』

〔七〕鳳巢句：《帝王世紀》載鳳凰棲息於帝之東園，或巢阿閣。宋玉《九辯》：『君之門兮九重。』

彙評：

《李義山詩集箋注》：此恨忠直之不見容也。風浪奔騰，有滔天翳日之勢，不但進用無由，而且放逐堪驚，世運可知矣。

《玉谿生詩說》：起二句賦而比也。不待次聯承明，已覺怨氣抑塞，此神到之筆。七句合到本位，只『鳳巢西隔九重門』一句竟住，不消更說，絕好收法。

悼傷後赴東蜀辟至散關遇雪〔一〕

劍外〔二〕從軍遠，無家與寄衣。散關三尺雪，回夢舊鴛機〔三〕。

選注：

〔一〕散關：即大散關（在今陝西省寶雞市南郊）。大中五年秋，李商隱妻王氏卒於京師，其年冬，李商隱應劍南東川節度使柳仲郢徵辟赴東蜀幕府。

〔二〕劍外：指劍閣以南。

〔三〕鴛機：織機。

彙評：

清·王士禛《唐人萬首絕句選評》：此悼亡詩也。情深語婉，意味不盡，義山五絕中壓卷之作。

俞陛雲《詩境淺說續編》：此玉谿悼亡之意也。昔年砧杵西風，恐寒到君邊，征衣先寄。今則客子衣單，散關立馬，風雪漫天，回首鴛鴦機畔，長簟床空，當日寒閨刀尺，懷遠深情，徒縈夢想耳。

《選玉谿生詩補說》：一呼三應，二呼四應。機上無人，故無衣可寄；積雪散關，益增夢想，淒絕！

劉永濟《唐人絕句精華》：無家之人於遠方雪夜中，忽作有家之夢，情已可傷，況當悼亡之後，何以為懷？『鴛機』二字中含有無限溫暖在。

樂遊原〔一〕

向晚意不適，驅車登古原。夕陽無限好，只是近黄昏。

選注：

〔一〕樂遊原：又名樂遊苑，在長安城南，因漢樂遊苑而得名。《唐兩京城坊考》：『其地居京城之最高，四望寬敞。京城之内，俯視指掌。』

彙評：

《李義山詩集輯評》：何焯曰：遲暮之感，沉淪之痛，觸緒紛來，悲凉無限。○紀昀曰：百感茫茫，一時交集，謂之悲身世可，謂之憂時事亦可。

《李義山詩集箋注》：銷魂之語，不堪多誦。

清·屈復《玉谿生詩意》：時事遇合，俱在個中，抑揚盡致。

清·管世銘《讀雪山房唐詩鈔序例》：李義山《樂遊原》詩，消息甚大，為絕句中所未有。

《詩境淺說續編》：詩言薄暮無聊，藉登眺以舒懷抱。煙樹人家，在微明夕照中，如天開圖畫；方吟賞不置，而無情暮景，已逐步逼人而來，一入黃昏，萬象都滅，玉谿生若有深感者。

《唐人絕句精華》：作者因晚登古原，見夕陽雖好而黃昏將至，遂有美景不常之感。此美景不常之感，久蘊積在詩人意中，今外境適與相合，故雖未明指所感，而所感之事即在其中。

北齊二首

一笑相傾國便亡〔一〕，何勞荆棘〔二〕始堪傷。小憐玉體横陳夜〔三〕，已報周師入晉陽〔四〕。

巧笑知堪敵萬幾〔五〕，傾城最在著戎衣。晉陽已陷休回顧，更請君王獵一圍〔六〕。

選注：

〔一〕一笑句：漢·李延年為其妹李夫人作歌，曰：『北方有佳人，絶世而獨立。一顧傾人城，再顧傾人國。』此處用『傾國』典故，誇張描寫女子美貌。

〔二〕荆棘：《吳越春秋》載伍子胥被讒賜死，嘆息吳國奸佞當道，即將遭遇滅國的命運，『城郭丘墟，殿生荆棘』。

〔三〕小憐：北齊後主高緯的寵妃馮淑妃，名小憐，慧黠，善琵琶，能歌舞。橫陳：宋玉《諷賦》：『橫自陳兮，君王之傍。』

〔四〕周師入晉陽：晉陽，今山西省太原市，當時為北齊要隘。北周武帝宇文邕大敗齊師於晉陽。

〔五〕萬幾：萬事。《尚書·皋陶謨》：『一日二日萬幾。』

〔六〕更請句：《北史》載，周師來攻，平陽已陷，晉州告急，後主高緯正在打獵，聞軍情緊急欲還，馮小憐請求再打一次圍獵，後主遂聽從。及至晉州，城池已將要陷落。此詩云『晉陽已陷』，或誤，當作『平陽』。

彙評：

清·李鍈《詩法易簡錄》：（其一）『便亡』字，『已報』字，令人讀之竦然，垂戒深矣。（其二）只敘其事，不著議論，而荒淫沉迷，寫得可笑可哀。

《詩境淺說續編》：（其二）名都已失，戎馬生郊，而猶羽獵戎裝，擲金甌而不顧。後二句神采飛揚，千載下誦之，聲口宛然，詞人妙筆也。

夜雨寄北〔一〕

君問歸期未有期，巴山〔二〕夜雨漲秋池。何當共剪西窗燭，却話巴山夜雨時。

選注：

〔一〕寄北：此詩主題有二説，一説寄北方友人；一説《萬首唐人絶句》又作『寄内』，則是寄妻子王氏。

〔二〕巴山：四川閬中有大巴嶺、小巴嶺相接，稱『九十里巴山』。此處泛指巴蜀的山脈。

彙評：

明·周敬、周珽《唐詩選脈會通評林》：李夢陽曰：唐詩如貴介公子，風流閒雅，觀此信然。

《李義山詩集輯評》：紀昀曰：探過一步作結，不言當下云何，而當下意境可想。又曰：作不盡語每不免有做作態，此詩含蓄不露，卻不似一氣說完，故為高唱。

《玉谿生詩意》：即景見情，清空微妙，玉谿集中第一流也。

清·黃叔燦《唐詩箋注》：滯跡巴山，又當夜雨，卻思剪燭西窗，將此夜之愁細訴，更覺愁緒纏綿，倍為沉摯。

清·范大士《歷代詩發》：圓轉如銅丸走阪，駿馬注坡。

《唐人萬首絕句選評》：婉轉纏綿，蕩漾生姿。

清·桂馥《劄樸》：義山『君問』云云，眼前景反作日後懷想，意最婉曲。

《詩境淺說續編》：清空如話，一氣循環，絕句中最為擅勝。詩本寄友，如聞娓娓清談，深情彌見。此與『客舍并州已十霜』詩，皆首尾相應，同一機軸。

憶梅

定定住天涯，依依向物華。寒梅最堪恨，常作去年花。

彙評：

《李義山詩集輯評》：何焯曰：得名最早，卻不值榮進之期，此比體也。○紀昀曰：意極曲折。

《唐詩箋注》：『定定』字新。『長作去年花』，『定定』意出，又妙在『依依』二字，如畫家皴法，再即『定定』烘染，說得可憐。

韓碑〔一〕

元和天子神武姿，彼何人哉軒與羲〔二〕。誓將上雪列聖恥，坐法宮中朝四夷〔三〕。淮西有賊五十載，封狼生貙貙生羆〔四〕。不據山河據平地，長戈利矛日可麾。帝得聖相相曰度，賊斫不死神扶持〔五〕。腰懸相印作都統，陰風慘澹天王旗。愬武古通〔六〕作牙爪，儀曹外郎〔七〕載筆隨。行軍司馬〔八〕智且勇，十四萬衆猶虎貔。入蔡縛賊獻太廟，功無與讓恩不訾。帝曰汝度功第一，汝從事愈宜為辭。愈拜稽首蹈且舞，金石刻畫臣能為。古者世稱大手筆，此事不繫于職司。當仁自古有不讓，言訖屢頷天子頤〔九〕。公退齋戒坐小閤，濡染大筆何淋漓。點竄堯典舜典字，塗改清廟生民詩〔十〕。文成破體〔十一〕書在紙，清晨再拜鋪丹墀。表曰臣愈昧死上，詠神聖功書之碑。碑高三丈字如斗，負以靈鼇蟠以螭。句奇語重喻者少，讒之天子言其私。長繩百尺拽碑倒，麤砂大石相磨治〔十二〕。公之斯文若元氣，先時已入人肝脾。湯盤孔鼎〔十三〕有述作，今無其器存其辭。嗚呼聖皇及聖相，相與烜赫流淳熙〔十四〕。公之斯文不示後，曷與三五相攀追。願書萬本誦萬過，口角流沫右手胝〔十五〕。傳之七十有二代〔十六〕，以為封禪玉檢明堂基〔十七〕。

作品背景：

此詩詠韓愈撰《平淮西碑》之事。唐元和十二年（八一七），唐憲宗任命裴度以宰相節度彰義軍宣慰淮西，征討一向擅專跋扈、不聽中央調遣的淮西藩鎮。裴度率兵平定淮西，隨軍司馬韓愈也因功授刑部侍郎，奉詔撰寫《平淮西碑》。因碑文中重點讚美裴度運籌帷幄之功，導致戰役中首破蔡州、生擒叛首吳元濟的大將李愬不滿。李愬之妻是公主的女兒，入宮向皇帝訴說碑文不實，憲宗命令磨去韓愈碑文，由段文昌重新撰寫。李商隱認同韓愈碑文觀點，對此事深感不平，故作此詩歌頌裴度功績、讚揚韓愈碑文，更對碑文遭受的不公平待遇表達了憤慨之情。

選注：

〔一〕韓碑：即韓愈《平淮西碑》。韓愈（七六八—八二四），字退之，鄧州南陽（今河南省南陽市）人，中唐著名文學家。

〔二〕元和二句：元和：唐憲宗李純（七七八—八二〇）年號。元和天子即指代憲宗。軒與羲：都是上古帝王。軒指黃帝，軒轅氏。羲通犧，指太昊帝，庖犧氏。

〔三〕誓將二句：列聖，指唐憲宗之前的四任皇帝肅宗李亨、代宗李豫、德宗李適、順宗李誦。自安史之亂後，河北、河南諸藩鎮多擅權跋扈，淮西即其一。憲宗即位後誓欲消除藩鎮隱患，『刷祖宗之恥』。坐法宮中，用《漢書》語：『五帝神聖……處於法宮之中，明堂之上。』

〔四〕淮西二句：淮西節度使駐蔡州（今河南省汝南、上蔡、新蔡等地），《平淮西碑》云：『蔡帥之不庭授，於今五十年。』指從廣德元年（七六三）設置淮西節度使起，到元和十二年（八一七）裴度討伐蔡州，經歷五十四年。其間換過多任節度使。封狼、貙、羆：均為猛獸，指代歷任擅專自立的淮西節度使。

〔五〕帝得二句：指唐憲宗任命裴度為宰相。裴度（七六五—八三九），字中立，河東聞喜（今山西省聞喜縣）人。中唐著名政治家、文學家。賊斫不死，藩鎮為了阻礙朝廷發兵征討蔡州，曾派刺客襲擊主戰派大臣，殺害宰相武元衡，裴度亦遭砍傷，因氈帽遮擋刀鋒而未死。

〔六〕愬武古通：愬，李愬。武，韓公武。古，李道古。通，李文通。四人皆裴度帳下大將。

〔七〕儀曹外郎：禮部郎中的舊稱，這裏指禮部郎中李宗閔，任裴度軍中書記。

〔八〕行軍司馬：指韓愈，任裴度軍中行軍司馬。

〔九〕屢頷天子頤：屢次使皇帝點頭（認可）。

〔十〕點竄二句：堯典、舜典，皆《尚書》篇名。清廟、生民，皆《詩經》篇名。點竄、塗改，都是運用之義。此句說韓愈運用《尚書》《詩經》的詞句和典故，撰寫碑文。

〔十一〕破體：一說指書法的一種。一說指不同於當時流行的文體。

〔十二〕句奇四句：喻，懂。磨治，磨平石面。這四句敘述李愬不滿於碑文強調裴度指揮之功，讓妻子進宮對皇帝進讒言，說碑文不實。憲宗即下令拽倒石碑，磨去碑文而重作。

〔十三〕湯盤孔鼎：湯盤，商湯的沐浴之盆，有銘文。孔鼎，孔子先祖正考夫鼎，亦有銘文。

〔十四〕嗚呼二句：聖皇，指唐憲宗。聖相，指裴度。相與，互相。烜赫，顯耀。淳熙，光澤鮮明。

〔十五〕公之四句：斯文，此文。三五，三皇五帝。書，抄寫。胝，手足生出的老繭。此四句說韓愈的碑文如果不能流傳下來，怎能使憲宗皇帝的功業猶如三皇五帝一樣傳誦後世？情願抄寫萬本、誦讀萬遍，寧可為之口角流沫、右手生老繭。

〔十六〕七十有二代：《史記・封禪書》云管仲說自古以來封禪泰山者，有七十二家。意謂韩碑當如封禪書一樣長久流傳。『七十二』，宋人版本又作『七十三』，即管仲所言再加漢代為七十三家。

〔十七〕封禪玉檢明堂基：玉檢，即函蓋。封禪書製以玉牒，盛以玉函。明堂，天子布政之宮。此處將漢碑比擬為封禪玉牒之函蓋、天子明堂之基礎，極言其地位重要。

彙評：

清・陸時雍《唐詩鏡》：宏達典雅，其品不在《淮西碑》下。

清・陸次雲《五朝詩善鳴集》：此大手筆也，出之纖濃豔麗之人，令人不測，非唯晚唐，亦初、盛、中有數文字。

《義門讀書記》：可繼《石鼓歌》，字字古茂，句句典雅，頌美之體，諷刺之遺也。

清·田雯《古歡堂集雜著》：李商隱《韓碑》一首，媲杜凌韓，音聲節奏之妙，令人含咀無盡。每怪義山用事隱僻，而此詩又別辟一境，詩人莫測如此。

清·李因培《唐詩觀瀾集》：玉谿詩以纖麗勝，此獨古質，純以氣行，而句奇語重，直欲上步韓碑，乃全集中第一等作。

清·沈德潛《唐詩別裁》：晚唐人古詩，穠鮮柔媚，近詩餘矣。即義山七古，亦以辭勝。獨此篇，意則正正堂堂，辭則鷹揚鳳翽，在爾時如景星慶雲，偶然一見。

清·周詠棠《唐賢小三昧集續集》：星心月口，忽變為偉調雄文，才人固不可測。

宿駱氏亭寄懷崔雍崔袞

竹塢無塵水檻清，相思迢遞隔重城。秋陰不散霜飛晚，留得枯荷聽雨聲。

彙評：

《義門讀書記》：寓情之意，全在言外。

《玉谿生詩説》：分明自己無聊，卻就枯荷雨聲渲出，極有餘味。若説破雨夜不眠，轉盡於言下矣。『秋陰不散』起『雨聲』，『霜飛晚』起『留得枯荷』，此是小處，然亦見得不苟。

風雨

淒涼寶劍篇〔一〕，羈泊欲窮年。黄葉仍風雨，青樓自管絃。新知遭薄俗，舊好隔良緣。心斷新豐酒〔二〕，銷愁斗幾千。

選注：

〔一〕寶劒篇：武周朝大臣郭震，因詩下獄，向武則天進詩《古劍篇》，一名《寶劍篇》，稱：『何言中路遭捐棄，零落漂淪古獄邊。』此詩感嘆自身遭際，故說『淒涼寶劍篇』。

〔二〕新豐酒：新豐，在陝西臨潼東北，指代長安。初唐馬周曾遊新豐，受旅店主人冷遇，自酌酒而飲。此處亦借馬周典故感嘆遭際。

彙評：

《李義山詩集箋注》：淒涼羈泊，以得意人相形，愈益難堪。風雨自風雨，管絃自管絃，宜愁人之腸斷也。夫新知既日薄，而舊好且終睽，此時雖十千買酒，也消此愁不得，遑論新豐價值哉！

《玉谿生詩意》：當淒涼羈泊時，風雨之夕，聽青樓管絃，因感新知舊好，而思斗酒消愁，情甚難堪。

謝書

微意何曾有一毫，空攜筆硯奉龍韜〔一〕。自蒙半夜傳衣〔二〕後，不羨王祥得佩刀〔三〕。

選注：

〔一〕龍韜：《太公六韜》之一，指代兵書。

〔二〕半夜傳衣：用禪宗六祖慧能故事。六祖慧能在碓坊，五祖弘忍欲傳衣缽，以杖三擊其碓，慧能三更入弘忍之室，受祖師所傳之法寶和袈裟。

〔三〕漢末時，徐州刺史呂虔有佩刀，相士說此刀必三公之位方可佩戴。呂虔將佩刀贈給別駕王祥，云其有公輔之量。後王祥歷仕三朝，位至公卿。

彙評：

《玉溪生詩集箋注》：此詩疑義山為令狐楚巡官時作也。《唐書》云：『楚能章奏，以其道授商隱，自是始為今體章奏。』故借用五祖傳衣事。

七月二十八日夜與王鄭二秀才聽雨夢後作

初夢龍宮寶燄然〔一〕，瑞霞明麗滿晴天。旋成醉倚蓬萊樹，有箇仙人拍我肩〔二〕。少頃遠聞吹細管，聞聲不見隔飛煙。逡巡又過瀟湘雨，雨打湘靈五十絃〔三〕。瞥見馮夷殊悵望，鮫綃休賣海為田〔四〕。亦逢毛女無憀極，龍伯擎將華嶽蓮〔五〕。恍惚無倪明又暗，低迷不已斷還連。覺來正是平階雨，獨背寒燈枕手眠。

選注：

〔一〕然：通『燃』。傳說龍火遇濕生燄，得水則燃。

〔二〕仙人拍我肩：晉·郭璞《遊仙詩》：『左挹浮丘袖，右拍洪崖肩。』浮丘、洪崖，皆仙人名。

〔三〕湘靈五十絃：湘靈，湘水女神。五十絃，指瑟。屈原《遠遊》：『使湘靈鼓瑟兮。』

〔四〕瞥見句：馮夷，水神名。鮫綃，晉·張華《博物志》載鮫人能織綃。海為田，《神仙傳》載神女麻姑自稱見到東海三次變為桑田。

〔五〕亦逢句：毛女，漢·劉向《列仙傳》記毛女字玉姜，住華陰山中，遍體生毛，是秦始皇宮女。無憀，無聊。龍伯，《博物志》：『龍伯國人，長三十丈，生萬八千歲而死。』華嶽蓮，華山太華峰頂有玉井蓮花。

彙評：

《重訂李義山詩集箋注》：通篇首尾以『夢』、『覺』二字照應，蓋寓言半生如夢似幻也。

《玉谿生詩集箋注》：假夢境之變幻，喻身世之遭逢也。

寄令狐郎中〔一〕

嵩雲秦樹〔二〕久離居，雙鯉〔三〕迢迢一紙書。休問梁園舊賓客〔四〕，茂陵秋雨病相如〔五〕。

選注：

〔一〕令狐郎中：指令狐綯，時當為會昌三、四年（八四三—八四四），令狐綯任戶部郎中。李商隱與令狐綯之恩怨，見本書《出版說明》。

〔二〕嵩雲秦樹：嵩，嵩山，在今河南省登封市北。指代李商隱當時病居洛陽。秦，指陝西。指代令狐綯當時居官長安。

〔三〕雙鯉：用漢樂府詩典故：『客從遠方來，遺我雙鯉魚。呼兒烹鯉魚，中有尺素書。』後世遂以『雙鯉』指代書信。

〔四〕梁園舊賓客：《史記》載漢梁孝王築兔園招徠文學之士，又稱梁園。這裏指代李商隱曾為令狐氏門客。

〔五〕茂陵秋雨病相如：相如，司馬相如，西漢辭賦家，曾客於梁園，故稱『舊賓客』。茂陵，《史記・司馬相如列傳》：『相如既病免，家居茂陵。』李商隱時亦病居，故以司馬相如自比。

彙評：

《唐詩選脈會通評林》：義山才華傾世，初見重於時相，每以梁園賓客自負，後因被斥，所向不如其志，故此託臥病茂陵以致慨。

《唐人萬首絕句選評》：佈置工妙，神味雋永，絕句之正鵠也。

《詩境淺說續編》：義山與令狐相知久。退閑以後，得來書而卻寄以詩，不作乞憐語，亦不涉觖望語，鬢絲病榻，猶回首前塵，得詩人溫柔悲悱之旨。

哭劉蕡〔一〕

上帝深宮閉九閽〔二〕，巫咸〔三〕不下問銜寃。黄陵別後春濤隔，湓浦書來秋雨翻〔四〕。只有安仁能作誄，何曾宋玉解招魂〔五〕。平生風義兼師友，不敢同君哭寢門〔六〕。

選注：

〔一〕劉蕡：見前《贈劉司户》注。

〔二〕九閽：閽，門。《禮記·月令》注：『天子九門。』此處指代帝王之居。

〔三〕巫咸：古代傳說中的神巫。屈原《離騷》：『巫咸將夕降兮。』

〔四〕黄陵二句：黄陵，原作廣陵，按李商隱《哭劉司户蕡》詩云：『去年相送地，春雪滿黃陵。』可見分手之處是黃陵（在今湖南省湘潭市），『廣陵』當誤。溢浦，在今江西省九江市。劉蕡遠謫柳州，赴任途中異鄉病卒，當在江西境內。書，訃告。秋雨，劉蕡去世當在秋天。

〔五〕只有二句：安仁，指潘岳，字安仁，以善作哀誄之文著稱。宋玉，戰國辭賦家，屈原弟子，代表作《招魂》相傳即是為屈原招魂之作。此處以屈原比劉蕡。

〔六〕平生二句：《禮記·檀弓》規定，弔喪師長，『哭諸寢』，弔喪朋友，『哭諸寢門之外』，李商隱這裏說和劉蕡的交誼，在半師半友之間（風義兼師友），所以不敢以弔朋友之禮哭於寢門之外，借此表達對劉蕡的敬仰之情。

彙評：

《李義山詩集箋注》：姚培謙曰：此痛忠直之不容於世也……舉聲一哭，蓋直為天下慟，而非止哀我私也。

《玉谿生詩說》：一氣鼓蕩，字字沉鬱。

《讀雪山房唐詩序例》：不知其人視其友，觀義山《哭劉蕡》詩，知非僅工詞賦者。

杜司勳〔一〕

高樓風雨感斯文，短翼差池〔二〕不及羣。刻意〔三〕傷春復傷別，人間惟有杜司勳。

選注：

〔一〕杜司勳：指杜牧（八〇三—約八五二），字牧之，京兆（今陝西省西安市）人。曾任司勳員外郎。晚唐詩人，和李商隱齊名，稱『小李杜』。

〔二〕差池：參差，鳥類羽毛參差不齊。《詩經·邶風·燕燕》：『燕燕于飛，差池其羽。』

〔三〕刻意：著意，經意。

彙評：

《義門讀書記》：高樓風雨，短翼參池，玉谿生方自傷春傷別，乃彌有感於司勳之文也。

《唐人萬首絕句選評》：藉以自比，含思悠然。

杜工部蜀中離席

人生何處不離羣，世路干戈惜暫分。雪嶺未歸天外使〔一〕，松州猶駐殿前軍〔二〕。座中醉客延醒客，江上晴雲雜雨雲。美酒成都堪送老，當壚仍是卓文君〔三〕。

作品背景：

大中五年（八五一）冬，李商隱在東川節度使柳仲郢幕府，被派遣到西川推獄，次年春回東川，餞別宴席上作此詩。此時巴南動蕩，戰火不斷，唐朝和周邊的吐蕃、黨項等也時有摩擦，與杜甫當年離開成都時的動蕩局面很相似，因此李商隱擬杜甫口吻為詩，題為《杜工部蜀中離席》，實際上是借杜甫時代的局勢來影射當下形勢。

選注：

〔一〕雪嶺句：雪嶺，在松州（今岷山，四川境內）。寶應二年（七六三），唐代宗曾遣大臣出使吐蕃，途中當經雪嶺。

〔三〕松州句：松州，今四川省松潘縣。殿前軍，指神策軍，直接隸屬於中央朝廷的軍隊。

〔三〕美酒二句：用漢司馬相如和卓文君的典故。文君與相如私奔，回到成都後開酒肆，文君親自當壚賣酒。這兩句是反諷，當時國運艱危，情勢緊張，而很多官員猶自醉死夢生，故以成都美酒佳人為諷刺。

彙評：

清·金聖歎《貫華堂選批唐才子詩》：起手七字，便是工部神髓。其突兀而起，淋漓而下，真乃有唐一代無數鉅公曾未得闖其籬落者。

清·陸昆曾《李義山詩解》：義山擬為是詩，直如置身當日，字字從杜甫心坎中流露出來，非徒求似其聲音笑貌也。

《玉谿生詩意》：雖無工部之深厚曲折，而聲調頗似之。

清·張文蓀《唐賢清雅集》：義山最善學杜，此是擬作，氣格正相肖，非但襲面貌者。

隋宮〔一〕

紫泉宮殿鎖煙霞，欲取蕪城〔二〕作帝家。玉璽不緣歸日角，錦帆應是到天涯〔三〕。于今腐草無螢火，終古垂楊有暮鴉〔四〕。地下若逢陳後主，豈宜重問後庭花〔五〕。

選注：

〔一〕隋宮：指隋煬帝楊廣在江都（今江蘇省揚州市）營建的行宮。此詩題為隋宮，實為詠隋煬帝亡國事。

〔二〕蕪城：指揚州。南朝鮑照過廣陵，歎息城池荒蕪，作《蕪城賦》，後世遂以蕪城作為揚州的別稱。

〔三〕玉璽二句：日角，《舊唐書》載唐儉曾贊唐高祖李淵『日角龍庭』，有帝王之相。錦帆，《開河記》載楊廣下江都所乘龍舟，『錦帆過處，香聞百里』。這兩句是諷刺，說如果不是玉璽落入了李淵手裏（指代李唐奪得天下），楊廣的龍舟大概是要遊玩到天涯吧。

〔四〕于今二句：腐草無螢火，古人傳説螢火蟲是腐草所化，《隋書·煬帝記》載楊廣曾命人捕捉螢火蟲，『得數斛，夜出游山放之，光遍巖谷』。無螢火，是誇張形容為了奢侈游幸，將螢火蟲都捕捉盡了。垂楊，《開河記》載楊廣命百姓獻柳樹，栽種於運河兩堤以避暑。

〔五〕地下二句：後庭花，即《玉樹後庭花》，陳後主所製歌曲，被視為亡國之音。《隋遺錄》載楊廣在江都，夢見與陳後主相遇，請對方的寵妃張麗華舞《玉樹後庭花》，陳後主諷刺他亦如自己一樣荒淫游樂。

彙評：

《義門讀書記》：無句不佳，三、四尤得杜家骨髓。前半展拓得開，後半發揮得足，真大手筆。後半諷刺更覺有力。

清・楊逢春《唐詩繹》：此詩全以議論驅駕事實，而復出以嵌空玲瓏之筆，運以縱橫排宕之氣，無一筆呆寫，無一句實砌，斯為詠史懷史之極。

《詩法易簡錄》：言外有無限感歎，無限警醒。

《歷代詩發》：風華典雅，真可謂百寶流蘇，千絲鐵網。

清·冒春榮《葚原詩說》：其造語幽深，律法精密，有出常情之外者。

籌筆驛〔一〕

猿鳥猶疑畏簡書〔二〕，風雲常為护儲胥〔三〕。徒令上將揮神筆，終見降王走傳車〔四〕。管樂有才終不忝〔五〕，關張〔六〕無命欲何如。他年錦里經祠廟，梁父吟成恨有餘〔七〕。

選注：

〔一〕籌筆驛：在綿州綿谷縣（今四川省廣元市），為諸葛亮出師北伐時曾駐軍籌劃戰事之處。此詩借題驛站而詠諸葛亮的一生。

〔二〕簡書：沒有紙的上古時期，用竹簡書寫軍中命令，指代軍令。《詩經·小雅·出車》：『豈不懷歸，畏此簡書。』

〔三〕儲胥：用木頭和繩網聯結所造的軍營外圍防禦物。指代駐軍之地。

〔四〕徒令二句：上將揮神筆，指諸葛亮運籌帷幄。降王，指諸葛亮歿後，後主劉禪最終投降於魏。傳車，驛車。

〔五〕管樂：管，管仲，春秋時齊國名臣。樂，樂毅，戰國時燕國名將。《蜀志·諸葛亮傳》：『（亮）每自比於管仲、樂毅。』不忝，無愧於。

〔六〕關張：關，關羽。張，張飛。皆先主劉備手下勇將。當諸葛亮北伐時，二人均已不在世。

〔七〕他年二句：錦里，在今成都市，蜀故宮所在號錦里，有先主廟，西院即為武侯祠。梁父吟，篇名，《蜀志·諸葛亮傳》：『亮躬耕隴畝，好為《梁父吟》。』今傳諸葛亮所作《梁父吟》詩一首。

彙評：

清·毛張健《唐體餘編》：為驛作襯，兼入憑弔意。首尾相映有筆力。

《唐詩別裁》：瓣香老杜，故能神完氣足，邊幅不窘。

王文濡《歷代詩評注》：通用故事，操縱自如，而意亦曲折盡達，此西崑體之最上乘者。

清·方東樹《昭昧詹言》：義山此等詩，語意浩然，作用神魄，真不愧杜公。前人推為一大家，豈虛也哉！

即日

一歲林花即日休，江間亭下悵淹留。重吟細把真無奈，已落猶開未放愁。山色正來銜小苑，春陰只欲傍高樓。金鞍忽散銀壺漏〔一〕，更醉誰家白玉鈎〔二〕。

選注：

〔一〕壺漏：古代的一種計時工具，計算金屬所製壺的水面漏注變化，用以標註時間。

〔二〕玉鈎：古代酒令有『藏鈎』遊戲，又有『酒鈎』，以鈎引杯飲酒。此句言因酒宴遊戲而喝醉。

彙評：

《義門讀書記》：一歲之花遽休，一日之光遽暮，真所謂刻意傷春者也。金鞍忽散，惆悵獨歸，泥醉無從，排悶不得，其強裁此詩，真有歌與泣俱者矣。

《李義山詩解》：此因春事將闌，對林花而悵然而作也。言江間亭下，有此已落猶開之花，得以重吟細把，則我之淹留於此，似可不恨，而無奈其即日休也。是倒裝法。五、六又跌進一層，言不特一歲之林花易休，即一日之景亦難駐。觀山銜小苑，而時將暮矣；觀陰傍高樓，而時益暮矣。且頃之銀壺漏盡，而金鞍散矣。當斯時也，非醉無以遣懷，然使我更醉誰家乎？無聊況味，非久於客中者不知。

《唐賢小三昧集續集》：回翔婉轉，無限風流。

無題二首

昨夜星辰昨夜風，畫樓西畔桂堂東。身無彩鳳雙飛翼，心有靈犀一点通〔一〕。隔座送鈎春酒暖，分曹射覆蠟燈紅〔二〕。嗟余聽鼓應官去，走馬蘭臺〔三〕類斷蓬。

選注：

〔一〕靈犀一点通：傳說通天犀角中有一條赤紋如線，從頭貫穿到尾。

〔二〕隔座二句：送鈎，即『藏鈎』，一種酒令遊戲，手里握住東西讓對方猜。射覆，一種酒令遊戲，把東西覆蓋起來讓大家用暗語來猜。

〔三〕蘭臺：指代秘書省。李商隱曾任秘書省校書郎。

彙評：

清·胡以梅《唐詩貫珠》：此詩是席上有遇，追憶之作。妙在欲言良宵佳會，獨從星辰說起……淩空步虛，有繪風之妙……得三、四鋪雲襯月，頓覺七寶放光，透出上文，身遠心通，儼然相對一堂之中。五之勝情，六之勝境，皆為佳人著色。且隔座分曹，申明三之意；送鈎春暖，方見四之實。蠟燈紅後，恨無主人燭滅留髡之會。聞鼓而起，今朝寂寞，能不重念昨夜之為良時乎？

《精選評注五朝詩學津梁》：此詩自炫其才，述眼前境遇，筆情飄忽。

聞道閶門〔一〕蕚綠華，昔年相望抵天涯。豈知一夜秦樓客〔二〕，偷看吳王苑内花。

選注：

〔一〕閶門：閶即閶闔，指天門。

〔二〕秦樓客：《列仙傳》載秦穆公之女弄玉，下嫁蕭史。蕭史善於吹簫，能作鳳鳴，招來鳳凰。秦穆公為築鳳臺，夫妻居之，後來乘鳳凰飛去。秦樓客即指蕭史。

漢宮詞

青雀西飛〔一〕竟未迴，君王長在集靈臺〔二〕。侍臣最有相如渴〔三〕，不賜金莖露〔四〕一杯。

選注：

〔一〕青雀西飛：《漢武故事》：漢武帝七月七日見青鳥從西而來，問東方朔，東方朔回答：『此西王母欲來。』不久西王母果然降臨，與漢武帝相會。

〔二〕集靈臺：漢武帝所建有集靈宮、望仙臺，此處合而言之。

〔三〕相如渴：司馬相如患有消渴病（即糖尿病）。

〔四〕金莖露：金莖，銅柱，指仙人承露盤。《三輔故事》載漢武帝在建章宮立承露盤，銅柱高二十七丈，上有仙人掌承接露水。傳説露水合玉屑飲下可以延年益壽。

彙評：

宋·羅大經《鶴林玉露》：譏武帝求仙也。言青雀杳然不回，神仙無可致之理必矣，而君王未悟……今侍臣相如正苦消渴，何不以一杯賜之，若服之而愈，則方士之説，猶可信也，不然，則其妄明矣。二十八字之間，委蛇曲折，含不盡之意。

無題四首（選二）

來是空言去絕蹤，月斜樓上五更鐘。夢為遠別啼難喚，書被催成墨未濃。蠟照半籠金翡翠〔一〕，麝熏微度繡芙蓉。劉郎已恨蓬山遠〔二〕，更隔蓬山一萬重。

選注：

〔一〕金翡翠：燈籠上所貼的描金翠羽裝飾物。

〔二〕劉郎句：劉郎，漢武帝劉徹。蓬山，蓬萊山，指代海外仙山。此句說劉徹終身求入仙界而不得。

彙評：

清・趙臣瑗《山滿樓箋注唐詩七言律》：只首句七字，便寫盡幽期雖在，良會難成，種種情事，真有不覺其望之切而怨之深者。次句一落，不是見月而驚，乃是聞鐘而歎，蓋鐘動則天明，而此宵竟已虛度矣。三、四放開一步，略舉平日事，三寫神魂恍惚，四寫報問之倉皇，情真理至，不可以其媟而忽之。五、六乃縮筆重寫。

《唐詩箋注》：語極搖曳，思卻沉摯。

颯颯東風細雨來，芙蓉塘外有輕雷。金蟾齧鎖〔一〕燒香入，玉虎牽絲〔二〕汲井迴。賈氏窺簾韓掾少〔三〕，宓妃留枕魏王才〔四〕。春心莫共花爭發，一寸相思一寸灰。

選注：

〔一〕金蟾齧鎖：鑄造成金蟾形狀的香爐，蟾口有鎖，故說『齧鎖』。

〔二〕玉虎牽絲：玉虎，井上汲水的轆轤。絲，懸掛水桶的繩子。

〔三〕賈氏句：《世說新語》載韓壽美姿容，任掾吏，上司賈充之女於窗中窺見他，遂與之私通，贈以奇香。賈充察覺後，即以女兒嫁給韓壽。

〔四〕宓妃句：宓妃，洛水女神。《文選·洛神賦》注云，曹植欲娶甄逸之女，曹操卻以甄氏嫁曹丕。後甄氏為郭后進讒賜死，曹丕以甄氏所遺之金縷玉帶枕賜曹植。曹植睹枕悲泣，歸途將息於洛水之上，夢甄氏來訴衷情。曹植遂作《感甄賦》，後魏明帝曹叡改其名為《洛神賦》。

彙評：

元·郝天挺《唐詩鼓吹注解》：末則如怨訴，相思之至，反言之而情愈深矣。

《李義山詩集箋注》：朱鶴齡云：窺簾留枕，春心之搖蕩極矣。迨乎香消夢斷，絲盡淚乾，情焰熾然，終歸灰滅。不至此，不知有情之皆幻也。樂天《和微之夢遊詩序》謂：『曲盡其妄，周知其非，然後返乎真，歸乎實。』義山詩即此義，不得但以豔語目之。

無題

照梁初有情，出水舊知名〔一〕。裙衩芙蓉小，釵茸翡翠輕。錦長書鄭重，眉細恨分明。莫近彈棋局，中心最不平〔二〕。

選注：

〔一〕照梁二句：照梁，形容女子美貌，宋玉《神女賦》：『其始來也，耀乎若白日初出照屋梁。』出水，芙蓉出水，比喻女子風姿。南朝梁·何遜《看伏郎新婚》：『霧夕蓮出水，霞朝日照梁。』照梁、出水二語連用，即指新婚。李商隱此詩是婚後寄妻子王氏之作。

〔二〕莫近二句：彈棋，一種棋類遊戲，棋盤中心高，四角低，故云『中心最不平』。語帶雙關，指王氏為李商隱官場遭遇感到不平。

彙評：

《玉谿生詩集箋注》：此寄内詩。蓋初婚後，應鴻博不中選，閨中人為之不平，有書寄慰也。絕非他篇之比。

《歷代詩發》：玉谿豔體詩獨得驪珠，而此尤疏秀有致。

無題二首（選一）

八歲偷照鏡，長眉已能畫。十歲去踏青，芙蓉作裙衩。十二學彈箏，銀甲〔一〕不曾卸。十四藏六親〔二〕，懸知猶未嫁。十五泣春風，背面鞦韆下。

選注：

〔一〕銀甲：彈奏樂器所用的銀製的義甲。

〔二〕藏六親：六親泛指親屬。古代女子到了一定年齡，就要藏於深閨，迴避男性親屬。

彙評：

《西昆發微》：才而不遇之意。

清・張謙宜《綎齋詩談》：樂府高手，直作起結，更無枝語，所以為妙。

《李義山詩集箋注》：義山一生，善作情語。此首乃追憶之詞。邐迤寫來，意注末兩句。背面春風，何等情思，即『思公子兮未敢言』之意，而詞特妍冶。

王十二兄與畏之員外相訪見招小飲時予以悼亡日近不去因寄

謝傅門庭舊末行〔一〕，今朝歌管屬檀郎〔二〕。更無人處帘垂地，欲拂塵時簟竟牀。嵇氏幼男〔三〕猶可憫，左家嬌女〔四〕豈能忘。秋霖腹疾俱難遣，萬里西風夜正長。

選注：

〔一〕謝傅句：謝傅，指謝安，死後贈太傅。謝氏子弟多而傑出，故稱謝傅門庭，以指代李商隱之岳父王茂元家庭。詩題中王十二兄即王茂元之子，畏之員外即韓瞻，亦娶王茂元之女，與李商隱為連襟。李商隱所娶之王氏是王家最小的女兒，故自稱『末行』。

〔二〕檀郎：對男子的美稱。這裏指王十二與韓瞻。

〔三〕嵇氏幼男：晉·嵇康《與山巨源絕交書》：『女年十三，男年八歲，未及成人。』此處用以指代自己的幼子袞師。

〔四〕左家嬌女：晉·左思有《嬌女詩》，詠自己的女兒。此處指代王氏所生之長女，一云指代王氏。

彙評：

《山滿樓箋注唐詩七言律》：嘗讀元微之《遣悲懷》云：『唯將終夜長开眼，報得生平未展眉。』以為鏤心刻骨之言，不啻血淚淋漓。然卻不如先生此作始終相稱，淒惋之中復饒幽豔也。

隋宮

乘興南遊不戒嚴〔一〕，九重誰省諫書函。春風舉國裁宮錦，半作障泥〔二〕半作帆。

選注：

〔一〕戒嚴：警戒。

〔二〕障泥：墊在馬鞍下遮擋泥土，避免泥水濺上馬腹的布製品。

彙評：

《義門讀書記》：『春風』二句，借錦帆事點化，得水陸繹騷、民不堪命之狀如在目前。

《五谿生詩意》：寫舉國皆狂，煬帝不說自見。

落花

高閣客竟去，小園花亂飛。參差連曲陌〔一〕，迢遞〔二〕送斜暉。腸斷未忍掃，眼穿仍欲歸。芳心向春盡，所得是沾衣。

選注：

〔一〕曲陌：曲折的道路。

〔二〕迢遞：遥遠。

彙評：

《五朝詩善鳴集》：落花詩全無脂粉氣，真是豔詩好手。

《圍爐詩話》：《落花》起句奇絕，通篇無實語，與《蟬》同，結亦奇。

《李義山詩集輯評》：何焯云：起得超忽，連『落花』，看得有意，結亦雙關。一結無限深情，『得』字意外巧妙。

清·屈復《唐詩成法》：人但知賞首句，賞結句者甚少。一、二乃倒敍法，故警策，若順之，則平庸矣。首句如彩雲從空而墜，令人茫然不知所為；結句如臘月二十三日夜聽唱『你若無心我便休』，令人心死。

破鏡

玉匣〔一〕清光不復持，菱花〔二〕散亂月輪虧。秦臺一照山雞後〔三〕，便是孤鸞罷舞〔四〕時。

選注：

〔一〕玉匣：玉製的鏡匣。

〔二〕菱花：古代銅鏡六角形者似菱，稱菱花鏡，後以菱花指代銅鏡。

〔三〕秦臺句：秦臺，鏡臺。《西京雜記》載咸陽宮有方鏡，能照見人的臟腑。山雞，《異苑》載山雞愛其毛羽，映水則舞，置於鏡前，遂對影舞不知止，力竭而死。

〔四〕孤鸞罷舞：南朝宋・范泰《鸞鳥詩序》云西域有國王獲得一隻鸞鳥，三年不鳴，夫人曰：『嘗聞鳥見其類而後鳴，何不懸鏡以映之？』王如言，鸞鳥睹影悲鳴，哀響衝霄，一奮而絕。

無題

紫府仙人號寶燈〔一〕，雲漿〔二〕未飲結成冰。如何雪月交光夜，更在瑤臺十二層〔三〕。

選注：

〔一〕紫府句：紫府，仙人名，《抱朴子》載黃帝見紫府先生。寶燈，供奉神佛的燈，又為佛教名詞，寓意光明智慧。又一說，令狐綯任翰林承旨時，御前談話夜歸，皇帝命用御用金蓮寶炬送之歸府。

〔二〕雲漿：仙藥名，《漢武故事》載有『五雲之漿』。

〔三〕瑤臺十二層：《拾遺記》：載昆崙山有『瑤臺十二』。按，此詩題旨難明，有解為諷刺唐武宗求仙，有解為詠嘆令狐綯獲殊寵。

柳

曾逐東風拂舞筵，樂遊春苑斷腸天〔一〕。如何肯到清秋日，已帶斜陽又帶蟬。

選注：

〔一〕斷腸天：斷腸，此處是極言可愛，非悲痛意。斷腸天，即是春日繁華盛極一時的時節。

彙評：

明・楊慎《升庵詩話》：盧陵陳模《詩話》云：前日春風舞筵，何其富盛；今日斜陽蟬聲，何其淒涼，不如望秋先零也！形容先榮後悴之意。

《李義山詩辨正》：含思婉轉，筆力藏鋒不露……遲暮之傷，沉淪之痛，觸物皆悲，故措詞沉著如許，有神無跡，任人領味，真高唱也。

張采田《玉谿生年譜會箋》：末句亦兼悼亡而言，淒婉入神。

為有

為有雲屏〔一〕無限嬌，鳳城〔二〕寒盡怕春宵。無端嫁得金龜婿〔三〕，辜負香衾事早朝。

選注：

〔一〕雲屏：雲母製成的屏風。雲母是一種閃光的礦石。

〔二〕鳳城：京城的美稱。

〔三〕金龜婿：金龜，唐制，官員佩戴金屬製作的魚符作為身份和出入憑證，武則天時一度改魚為龜，唐中宗復位又改為魚。此處以金龜指代高官，金龜婿即貴婿。

彙評：

《玉谿生詩意》：玉谿以絕世香豔之才，終老幕職，晨入昏出，簿書無暇，與嫁貴婿、負香衾者何異？其怨宜也。

《詩境淺說續編》：正閨人滿志之時，乃轉怨金闕之曉鐘，破錦幃之同夢：人生欲望，安有滿足之期！以詩而論，綺思妙筆，固《香屑集》中佳選也。

無題

相見時難別亦難，東風無力百花殘。春蠶到死絲方盡，蠟炬成灰淚〔一〕始乾。曉鏡但愁雲鬢改，夜吟應覺月光寒。蓬山此去無多路，青鳥〔二〕殷勤為探看。

選注：

〔一〕淚：蠟燭燃燒熔化流下液體，似人流淚，故稱燭淚。

〔二〕青鳥：傳說中西王母的使者。

彙評：

明·謝榛《四溟詩話》：『春蠶到死絲方盡，蠟炬成灰淚始乾。』……措詞流麗，酷似六朝。

《五朝詩善鳴集》：詩中比意從漢魏樂府中得來，遂為《無題》諸篇之冠。

《李義山詩解》：八句中真是千回萬轉。

《山滿樓箋注唐詩七言律》：嗚呼！言情至此，真可以驚天地而泣鬼神，《玉臺》《香奩》，其猶糞土哉！

清·葉矯然《龍性堂詩話初集》：李義山慧業高人，敖陶孫謂其詩『綺密瑰妍，要非適用』，此皮相耳。義山《無題》云：『春蠶到死絲方盡，蠟炬成灰淚始乾。』又：『神女生涯原是夢，小姑居處本無郎。』其指點情癡處，拈花棒喝，殆兼有之。

《唐賢小三昧集續集》：玉谿《無題》諸作，深情麗藻，千古無雙，讀之但覺魂搖心死，亦不能名言其所以佳也。

《唐詩三百首》：一息尚存，志不少懈，可以言情，可以喻道。

清·梅成棟《精選七律耐吟集》：鏤心刻骨之詞。千秋情語，無出其右。

《滄山詩話》：義山『春蠶到死絲方盡，蠟炬成灰淚始乾』，道出一生工夫學問，後人再四摹仿，絕無此奇句。

碧城三首

碧城十二〔一〕曲闌干，犀辟塵埃玉辟寒〔二〕。閬苑有書多附鶴〔三〕，女牀無樹不棲鸞〔四〕。星沈海底當窗見，雨過河源隔座看。若是曉珠〔五〕明又定，一生長對水晶盤。

對影聞聲已可憐，玉池荷葉正田田〔六〕。不逢蕭史〔七〕休回首，莫見洪崖〔八〕又拍肩。紫鳳放嬌銜楚佩〔九〕，赤鱗〔十〕狂舞撥湘絃。鄂君悵望舟中夜，繡被焚香獨自眠〔十一〕。

七夕來時先有期〔十二〕，洞房簾箔至今垂。玉輪顧兔初生魄〔十三〕，鐵網珊瑚〔十四〕未有枝。檢與神方教駐景〔十五〕，收將鳳紙〔十六〕寫相思。武皇內傳〔十七〕分明在，莫道人間總不知。

選注：

〔一〕碧城十二：碧城，仙人所居之城，《太平御覽》：『元始天尊居……碧霞之城。』十二，泛指仙城數目，南朝齊·王融《望城行》：『金城十二重。』

〔二〕犀辟句：犀辟塵埃，《述異記》載却塵犀，『其角辟塵，置之於座，塵埃不入』。玉辟寒，《杜陽雜編》載火玉，顏色赤，溫暖，『置之室內則不復挾纊』。

〔三〕閬苑句：閬苑，《西王母傳》載西王母住『閬風之苑』。書，書信。傳說仙家以仙鶴寄信。

〔四〕女牀句：女牀，山名，《山海經・西山經》載女牀之山有鳥五彩，名曰鸞。

〔五〕曉珠：指太陽，又稱日珠。

〔六〕田田：形容荷葉，漢樂府詩：『江南可采蓮，蓮葉何田田。』

〔七〕蕭史：仙人名。秦穆公之女弄玉的丈夫，善於吹簫引鳳。見前《無題二首》『秦樓客』注。

〔八〕洪崖：仙人名。《神仙傳》載有『洪崖先生』，晉・郭璞《遊仙詩》：『左挹浮丘袖，右拍洪崖肩。』

〔九〕楚佩：屈原《離騷》：『紉秋蘭以為佩。』

〔十〕赤鱗：紅色的鯉魚。

〔十一〕鄂君二句：鄂君，鄂君子晳，春秋時期楚國王子，任令尹。《説苑》：『鄂君子晳之泛舟於新波之中……越人擁楫而歌曰：「今夕何夕兮，搴舟中流。今日何日兮，得與王子同舟。蒙羞被好兮，不訾詬恥。心幾煩而不絕兮，得知王子。山有木兮木有枝，心悅君兮君不知。」於是鄂君乃揄修袂，行而擁之，舉繡被而覆之。』

〔十二〕七夕句：《漢武內傳》載西王母派使者預先告知漢武帝，七月七日來訪。

〔十三〕玉輪句：玉輪、顧兔，均指代月亮。傳說月中有玉兔，《楚辭·天問》：『顧兔在腹。』魄，月球陰暗之處稱為魄。《尚書·康誥》『哉生魄』注：『月十六日明消而魄生。』

〔十四〕鐵網珊瑚：《本草》載海邊居民養殖珊瑚，先以鐵網沉入水底，珊瑚遂生於網上，三年後絞網取之。

〔十五〕駐景：即延年。《集仙錄》記舜有『駐景靈丸』。

〔十六〕鳳紙：繪有鳳文的神仙用紙。

〔十七〕武皇內傳：即《漢武內傳》，舊題漢班固著，實為後人之偽託。是一篇神仙題材小說，主要記載漢武帝遇西王母以及修仙問道之事。唐人常以漢喻唐，此處『武皇內傳』亦影射當朝。按，此三詩題旨難明，或為諷刺唐朝皇帝修仙之風。

彙評：

《玉谿生詩說》：《碧城》則寄託深遠，耐人咀味矣。此真所謂不必知名而自美也。

《精選評注五朝詩學津梁》：清麗芊綿。

端居

遠書歸夢兩悠悠，只有空牀敵素秋〔一〕。堦下青苔與紅樹，雨中寥落月中愁。

選注：

〔一〕素秋：秋天的別稱。《文選・注》：『《爾雅》曰秋為白藏，故云素秋。』

牡丹

錦幃初卷衛夫人〔一〕，繡被猶堆越鄂君。垂手〔二〕亂翻雕玉佩，招腰〔三〕爭舞鬱金裙。石家蠟燭〔四〕何曾剪，荀令香爐〔五〕可待熏。我是夢中傳彩筆〔六〕，欲書花葉寄朝雲〔七〕。

選注：

〔一〕衛夫人：指春秋時衛靈公的夫人南子，曾於錦帷中接見孔子。

〔二〕垂手：舞曲名，《樂府雜錄》：『有大垂手、小垂手，或如驚鴻，或如飛燕。』

〔三〕招腰：一作『折腰』，舞曲名，《西京雜記》：『戚夫人善為翹袖折腰之舞。』

〔四〕石家蠟燭：石家，指晉代石崇，性好奢侈，曾用蠟燭為柴火。

〔五〕荀令香爐：荀令，指三國時人荀彧，曾任尚書令，故稱荀令。性好熏香，《襄陽記》

載他到人家，坐過的地方三日留香。

〔六〕夢中傳彩筆：南朝文人江淹曾夢郭璞索筆，探自己懷中有五色筆一支，還給郭璞後，文采頓減，時稱江郎才盡。

〔七〕朝雲：指巫山神女，曾自稱『朝為行雲，暮為行雨』。

彙評：

《唐詩鼓吹箋注》：通篇極寫牡丹之姿態、香色，雅豔獨絕，當亦有託而詠也

《李義山詩解》：牡丹名作，唐人不下數十百篇，而無出義山右者，唯氣盛故也……此篇生氣湧出，自首至尾，毫無用事之跡，而又有細膩熨貼。詩至此，纖悉無遺憾矣。

日射

日射紗窗風撼扉，香羅拭手春事違。迴廊四合掩寂寞，碧鸚鵡對紅薔薇。

彙評：

《李義山詩集箋注》：末句妙，不能強無情作有情也。

《玉谿生詩説》：佳在竟住，情景可思。

齊宮詞

永壽〔一〕兵來夜不扃，金蓮〔二〕無復印中庭。梁臺歌管三更罷，猶自風摇九子鈴〔三〕。

選注：

〔一〕永壽：宮殿名。南朝齊廢帝東昏侯蕭寶卷荒淫縱樂，大建宮殿，為寵妃潘氏建有神仙、永壽、玉壽三殿。

〔二〕金蓮：《南史・齊本紀》載蕭寶卷寵愛潘妃，鑿金為蓮花貼於地，令潘妃行其上，稱之為『步步生蓮花』。

〔三〕九子鈴：《南史・齊本紀》載蕭寶卷取莊嚴寺的玉九子鈴，裝飾潘妃所居之殿。

彙評：

《玉谿生詩意》：不見金蓮之跡，猶聞玉鈴之音。不聞於梁臺歌管之時，而在既罷之後。荒淫亡國，豈能一一寫盡，只就微物點出，令人思而得之。

《唐人絕句精華》：三句言兵入永壽殿而笙歌罷，此時莊嚴寺之九子鈴猶自因風而搖，以鈴聲與笙歌對比，即從熱鬧中寫其衰亡也。

十一月中旬至扶風界見梅花

匝路亭亭艷，非時裛裛香〔一〕。素娥惟與月，青女不饒霜。贈遠虛盈手〔二〕，傷離適斷腸。為誰成早秀〔三〕，不待作年芳。

選注：

〔一〕裛裛香：香氣襲衣。

〔二〕贈遠句：贈遠，用《荆州記》典故，陸凱自江南寄一枝梅花贈予范曄，題詩云：『折梅逢驛使，寄與隴頭人。江南無所有，聊贈一枝春。』虛盈手，意謂無人可贈，徒勞折梅。唐·張九齡《望月懷遠》：『不堪盈手贈。』

〔三〕早秀：梅花當於初春開放，十一月中旬是冬季，開花過早，故稱早秀。

七夕

鸞扇斜分鳳幄開，星橋橫過鵲飛迴〔一〕。爭將世上無期別，換得年年一度來。

選注：

〔一〕星橋句：星橋，指銀河上的鵲橋。傳説喜鵲於七夕在銀河上搭橋，讓牛郎織女渡河相會。

彙評：

《李義山詩辨正》：此亦感逝作。無期之别，年年棖觸，情何以堪！讀之使人增伉儷之重。

馬嵬二首（选一）

海外徒聞更九州〔一〕，他生未卜此生休。空聞虎旅傳宵柝〔二〕，無復雞人報曉籌〔三〕。此日六軍同駐馬〔四〕，當時七夕笑牽牛〔五〕。如何四紀〔六〕為天子，不及盧家有莫愁〔七〕。

選注：

〔一〕海外句：《史記·孟子荀卿列傳》載鄒衍論地理，云中國名曰赤縣神州，内自有九州，而海外亦有九州。此處指傳説唐明皇派方士尋覓楊貴妃魂魄所在，方士稱其在海外仙山。

〔二〕虎旅傳宵柝：虎旅，軍隊的美稱。宵柝，夜間打更。此處指安史之亂爆發，唐明皇不得不在軍隊保護下逃往四川。

〔三〕雞人報曉籌：雞人，宮中早晨負責報時的人。曉籌，早晨的更籌。唐·王維《大明宮早朝》：『絳幘雞人報曉籌。』

〔四〕六軍同駐馬：指唐明皇攜楊貴妃等人出逃長安，至馬嵬坡，六軍不進，誅殺楊國忠，逼唐明皇賜死貴妃。唐·白居易《長恨歌》：『六軍不發無奈何，宛轉蛾眉馬前死。』

〔五〕七夕笑牽牛：《太真外傳》載楊貴妃自云天寶十載七夕，和唐明皇仰望夜空，感於牛女雙星的傳說，密誓『願世世為夫婦』。

〔六〕四紀：一紀為十二年，四紀為四十八年，唐明皇在位共四十四年，此舉其約數。

〔七〕莫愁：美女名，南朝梁·蕭衍《河中之水歌》：『洛陽女兒名莫愁……十五嫁為盧家婦。』

彙評：

《義門讀書記》：縱橫寬展，亦復諷歎有味。對仗變化生動，起聯才如江海……

落句專責明皇，識見最高。

清·高士奇《唐三體詩評》：逐層逆叙，勢極錯綜。「此生休」三字倏然落下，非杜詩無此筆力。

《山滿樓箋注唐人七言律》：「六軍」、「七夕」、「駐馬」、「牽牛」，信手拈來，顛倒成文，有頭頭是道之妙。

清·黃叔燦《唐詩箋注》：議論渾切著明。

富平少侯

七國三邊未到憂，十三身襲富平侯〔一〕。不收金彈〔二〕抛林外，却惜銀牀〔三〕在井頭。綵樹轉燈珠錯落，繡檀迴枕玉雕鎪。當關不報侵晨客，新得佳人字莫愁〔四〕。

選注：

〔一〕富平侯：西漢富平侯張安世的曾孫張放，年少襲爵，甚得恩寵。這裏用來泛指貴族少年。此詩一般認為是諷刺十六歲登基的唐敬宗。

〔二〕金彈：用漢武帝的寵臣韓嫣典故，《西京雜記》載韓嫣用黃金做彈丸，每日出門打獵，所彈出而丟失的金丸日有十餘，兒童每每追逐韓嫣彈丸所向而拾取。長安人為之語曰：『苦饑寒，逐金丸。』

〔三〕銀牀：銀製的轆轤架，井口上用以汲水的工具。

〔四〕莫愁：見前《馬嵬》『莫愁』注，這裏泛指美女。

彙評：

《唐詩評選》：姿度雅入樂府。

《李義山詩集箋注》：此寫貴寵之憨癡，為荒躭者諷也。開口七字，足當『痛哭』

一書。

宮辭

君恩如水向東流，得寵憂移失寵愁。莫向尊前奏花落〔一〕，涼風〔二〕只在殿西頭。

選注：

〔一〕花落：即《梅花落》，笛曲名。

〔二〕涼風：比喻失寵。江淹《班婕妤詠扇》：『竊愁涼風至……零落在中路。』

彙評：

《詩境淺說續編》：唐人賦宮詞者，鴉過昭陽，階生春草，防瓊軒之鸚語，盼月夜之羊車：各寫其怨悱之懷。此詩獨深進一層寫法，謂不待花枝零落，預料涼風將起，墮粉飄紅，彈指間事，猶妾貌未衰，而君恩已斷，其語殊悲。

代贈二首（選一）

樓上黃昏欲望休，玉梯〔一〕横絕月中鈎。芭蕉不展丁香結〔二〕，同向春風各自愁。

選注：

〔一〕玉梯：玉階。

〔二〕丁香結：丁香，花名，色淡紫或白，未開時花蕾緘合如結。

彙評：

《李義山詩集輯評》：紀昀曰：情致自佳，豔體之不傷雅者。

《詩境淺說續編》：前二句『樓上』、『玉梯』之意，與李白之『暝色入高樓，有人樓上愁』、『玉梯空佇立，望斷歸飛翼』詞意相似，乃述望遠之愁懷。後二句即借物寫愁：丁香之結未舒，蕉葉之心不展，春風縱好，難破愁痕，物猶如此，人何以堪！可謂善怨矣。

瑤池

瑤池阿母〔一〕綺窗開，黃竹歌〔二〕聲動地哀。八駿〔三〕日行三萬里，穆王何事不重來？

選注：

〔一〕瑤池阿母：指西王母。《穆天子傳》：『天子觴西王母於瑤池之上。』

〔二〕黃竹歌：周穆王所作歌名。黃竹，地名，《穆天子傳》載其在嵩山之西，周穆王於此作歌哀憐雨雪受凍之民，首句有『我徂黃竹』之句。

〔三〕八駿：周穆王的八匹駿馬，相傳日行萬里，《穆天子傳》載其名為：赤驥、盜驪、白義、踰輪、山子、渠黃、華騮、綠耳。

彙評：

明·桂天祥《批點唐詩正聲》：風格散逸，此盛唐絕調中有所不及者，一讀心為之快之。

《玉谿生詩說》：盡言盡意矣，而以詰問之詞吞吐出之，故盡而不盡。

韓冬郎〔一〕即席為詩相送一座盡驚他日余方追吟連宵侍坐裴徊久之句有老成之風因成二絕寄酬兼呈畏之員外（選一）

十歲裁詩走馬成，冷灰殘燭動離情。桐花萬里丹山〔二〕路，雛鳳清於老鳳聲。

選注：

〔一〕韓冬郎：即韓偓（約八四二—約九二三），字致光，小名冬郎。晚唐五代詩人。即詩題中畏之員外（韓瞻）之子，李商隱是其姨父。

〔二〕丹山：山名，傳説中的鳳凰棲所。《山海經·南山經》：『丹穴之山……有鳥焉，其狀如雞，五彩而文，名曰鳳凰。』

野菊

苦竹園南椒塢邊，微香冉冉〔一〕淚涓涓。已悲節物同寒雁，忍委芳心與暮蟬。細路獨來當此夕，清樽相伴省〔二〕他年。紫雲新苑移花處，不取霜栽近御筵。

選注：

〔一〕冉冉：緩緩，慢慢。

〔二〕省：記得，回憶。

彙評：

《唐詩評選》：有飛雪回風之度，錦瑟集中賴此以傳本色。

《李義山詩解》：義山才而不遇，集中多歎老嗟卑之作。《野菊》一篇，最為沉痛。

板橋〔一〕曉別

回望高城落曉河〔二〕，長亭窗户壓微波。水仙欲上鯉魚去〔三〕，一夜芙蓉紅淚〔四〕多。

選注：

〔一〕板橋：在汴梁（今河南省開封市）。

〔二〕曉河：早晨的銀河。

〔三〕水仙句：水仙，指仙人琴高。《列仙傳》載琴高為趙人，乘赤鯉出入涿水中。

〔四〕紅淚：《拾遺記》載魏文帝所愛美人薛靈芸，辭父母入宮時淚下沾衣，以玉唾壺承淚，壺中淚凝如血。

彙評：

《玉谿生詩說》：何等風韻！如此作豔體，乃佳。笑裙裾脂粉之横填也。

銀河吹笙

悵望銀河吹玉笙，樓寒院冷接平明。重衾幽夢他年斷，别樹羈雌〔一〕昨夜驚。月榭故香因雨發，風簾殘燭隔霜清。不須浪作緱山〔二〕意，湘瑟秦簫〔三〕自有情。

選注：

〔一〕羈雌：失偶的雌鳥。南朝宋·謝靈運《晚出西射堂》：『羈雌戀舊侶。』

〔二〕緱山：《列仙傳》載周靈王太子晉，字子喬，好吹笙作鳳鳴，七月七日於緱氏山巔與家人告別，乘白鶴成仙。

〔三〕湘瑟秦簫：湘瑟，湘水女神娥皇、女英鼓瑟。秦簫，蕭史、弄玉吹簫引鳳。

彙評：

《李義山詩解》：此義山言情之作也。聞聲相思，徹夜不寐，遂使生平久斷之夢，復為喚起，而悵望無窮焉。

《玉谿生詩意》：一、二悵望至曉，三、四相思，五、六樓寒院冷景況，七、八決絕之詞，即『子不我思，豈無他人』意。

《李義山詩辨正》：此種詩語淺意深，全在神味。

重有感

玉帳牙旗得上遊〔一〕，安危須共主君憂。竇融表已來關右〔二〕，陶侃軍宜次石頭〔三〕。豈有蛟龍愁失水，更無鷹隼與高秋。晝號夜哭兼幽顯，早晚星關雪涕收〔四〕。

作品背景：

大和九年（八三五）十一月，唐文宗密謀剷除專權的宦官，授意宰相李訓、鳳翔節度使鄭注等人，以庭降甘露為由欺騙宦官前去查看，意圖一網打盡，卻功敗垂成，李訓、鄭注被殺，唐文宗遭宦官劫持。宦官事後報復，未曾參與密謀的宰相王涯、賈餗、舒元輿等人皆遭族滅，株連千餘人，史稱『甘露之變』。此事之後宦官氣焰更加囂張，迫脅天子，陵暴大臣。次年二三月，昭義節度使劉從諫兩次上表，為王涯等人呼冤，指斥宦官罪惡，表示要領兵清君側，一時宦官為之稍有收斂。此詩即為當時朝政局勢而發感慨，因之前已經為此寫過『有感二首』，故題『重有感』。

選注：

〔一〕玉帳句：玉帳，指軍營。牙旗，軍中大旗。上遊，上流，指佔據形勝之地。

〔二〕竇融句：竇融（前十六—六二），東漢開國功臣之一，東漢初授涼州牧。得知漢光武帝劉秀欲征伐西北軍閥，便即整頓兵馬，上疏請示出師日期。關右，指長安。

〔三〕陶侃句：陶侃（二五九—三三四），東晉名臣，任荆州刺史時，蘇峻叛亂，京都不守，陶侃受平南將軍溫嶠邀請，帶兵與眾討苏將領會於石頭城下，斬蘇峻。

〔四〕晝號二句：幽顯，鬼魂和活人。上句指京城中仍然晝夜人鬼號哭，籠罩在恐怖氛圍下。星關，天關，比喻宮闕。雪涕，拭淚。下句說遲早劉從諫進京收復被宦官所統治的宮廷。

彙評：

清·施補華《峴傭說詩》：義山七律，得於少陵者深。故穠麗之中，時帶沉鬱，如《重有感》《籌筆驛》等篇，氣足神完，直登其堂、入其室矣。

高步瀛《唐宋詩舉要》：沉鬱悲壯，得老杜之神髓。

夕陽樓〔一〕

花明柳暗繞天愁，上盡重城更上樓。欲問孤鴻向何處，不知身世自悠悠。

選注：

〔一〕此詩題下有原注：『在滎陽。是所知今遂寧蕭侍郎牧滎陽日作矣。』滎陽即鄭州，蕭侍郎指刑部侍郎蕭澣，是時被貶到遂寧（今四川遂寧市）。蕭澣在大和七年（八三三）任鄭州刺史，曾賞識李商隱。

彙評：

《唐人萬首絶句選評》：寫客思之悲，悵惘無盡，使人黯然。

《玉谿生詩集箋注》：自慨慨蕭，皆在言中，淒惋入神。

春雨

悵臥新春白袷衣〔一〕，白門〔二〕寥落意多違。紅樓隔雨相望冷，珠箔飄燈〔三〕獨自歸。遠路應悲春晼晚〔四〕，殘宵猶得夢依稀。玉璫緘札〔五〕何由達，萬里雲羅〔六〕一雁飛。

選注：

〔一〕白袷衣：白色的夾衣。

〔二〕白門：指代男女歡會之地。南朝民歌《楊叛兒》：『暫出白門前，楊柳可藏烏。歡作沉水香，儂作博山爐。』

〔三〕珠箔飄燈：珠箔，珠簾。此句形容雨簾映射着窗中燈光，宛如一道道飄忽的珠簾。

〔四〕春畹晚：畹晚，日暮。此處指春暮。

〔五〕玉璫緘札：玉璫，玉製的耳環。札，書信。緘贈有玉耳環的書信。

〔六〕雲羅：陰雲密佈，好似羅網。比喻通信困難。

彙評：

《李義山詩集箋注》：此借春雨懷人，而寓君門萬里之感也……此等詩，字字有意，概以閨幃之語讀之，負義山極矣。

《唐賢清雅集》：以麗語寫慘懷，一字一淚。用此作結，不知是淚是墨，義山真有心人。

晚晴

深居俯夾城〔一〕，春去夏猶清。天意憐幽草，人間重晚晴。併添高閣迥〔二〕，微注小窗明。越鳥巢乾後〔三〕，歸飛體更輕。

選注：

〔一〕夾城：城門外的重城。

〔二〕迥：遙遠，這裏指視野開闊。

〔三〕越鳥句：李商隱時在桂林幕府，越鳥指嶺南的鳥。《古詩十九首》：『越鳥巢南枝。』

彙評：

《李義山詩集箋注》：晚晴，比常時晴色更佳。天上人間，若另換一番光景者，在清和時節尤妙。小窗高閣、異樣煥發，而歸燕亦覺體輕。言外有身世之感。

清・許印芳《律髓輯要》：前半深厚，後半細緻，老杜有此格律。

安定城樓〔一〕

迢遞高城百尺樓，綠楊枝外盡汀洲〔二〕。賈生年少虛垂淚〔三〕，王粲春來更遠遊〔四〕。永憶江湖歸白髮，欲迴天地入扁舟。不知腐鼠成滋味，猜意鵷雛竟未休〔五〕。

選注：

〔一〕安定城樓：安定，即涇州（今甘肅省涇川縣）。李商隱岳父王茂元時任涇原節度使，在涇州，李商隱在其幕府中。

〔二〕汀洲：水中綠洲。這裏指涇州城東美女湫。

〔三〕賈生句：垂淚，一作『垂涕』。賈生，指賈誼（前二〇〇—前一六八），漢文學家、政治家，曾向漢文帝上《治安策》，首云：『臣竊惟事勢，可為痛哭者一。』故曰『垂淚（涕）』。

〔四〕王粲句：王粲（一七七—二一七），漢末三國文學家，曾避戰亂，往荆州依劉表，思鄉感懷，作《登樓賦》。

〔五〕不知二句：鵷雛，傳說中的神鳥。此處諷刺世情，用《莊子·秋水》典故：惠施在梁國為相，莊子過訪，惠施以為他想要奪走自己的相位，大為驚恐，搜捕國中。莊子前往見之，為他講了一個寓言故事：『南方有一種神鳥，名叫鵷雛，非練實不食，非醴泉不飲。這時有一頭鴟鴞（貓頭鷹）正好捕得一隻腐鼠，以為鵷雛想來搶奪，仰頭視鵷雛，發出威脅聲：「嚇！」如今你想要以你的梁國嚇我嗎？』

彙評：

宋・蔡啟《蔡寬夫詩話》：王荊公晚年亦喜稱義山詩，以為唐人知學老杜而得其藩籬者，唯義山一人而已。每誦其『雪嶺未歸天外使，松州猶駐殿前軍』、『永憶江湖歸白髮，欲回天地入扁舟』，另『池光不受月，暮氣欲沉山』、『江海三年客，乾坤百戰場』之類，雖老杜無以過也。

李慶甲《瀛奎律髓彙評》：馮班：杜體。如此詩豈妃紅儷綠者所及？今之學溫、李者得不自羞？○查慎行：王半山最賞此五、六一聯，細味之，大有杜意。○紀昀：『江湖』、『扁舟』之興，俱自『汀洲』生出。故次句非趁韻湊景。五、六千錘百煉，出以自然，杜亦不過如此。世但喜其浮豔雕鐫之作，而義山之真面隱矣。○許印芳：五、六句，上四字須作一頓，下三字轉出意思，方有味。言己長念江湖不忘，而歸必在白髮之時，所以然者，為欲挽回天地也；天地既回，而後可入扁舟、歸江湖耳。句中層折，暗轉暗遮，出語渾淪，不露筋骨，此真少陵嫡派。

天涯

春日在天涯，天涯日又斜。鶯啼如有淚，為溼最高花。

彙評：

《玉谿生詩箋注》：田蘭芳曰：一氣渾成，如是即佳。○楊守智曰：意極悲，語極豔，不可多得。

《玉谿生詩意》：不必有所指，不必無所指，言外只覺有一種深情。

有感

非關宋玉有微辭〔一〕，却是襄王夢覺遲。一自高唐賦成後，楚天雲雨盡堪疑。

選注：

〔一〕微辭：宋玉《登徒子好色賦》：『玉為人體貌閑麗，口多微辭。』

日日

日日春光鬭日光，山城斜路杏花香。幾時心緒渾無事，得及游絲百尺長。

過楚宮

巫峽迢迢舊楚宮，至今雲雨暗丹楓。微生盡戀人間樂，只有襄王憶夢中。

彙評：

《李義山詩集箋注》：反喚妙絕。微生那一個不在夢中，卻要笑襄王憶夢耶？請思『只有』二字，還是喚醒襄王，還是喚醒眾生？

《玉谿生詩集箋注》：自傷獨不得志，幾於哀猿之啼矣。

《李義山詩辨正》：詩意與《亂石》一首同，皆途窮痛哭也。深慨人世險巇，一無可以留戀，不如夢中尚得安靜片刻耳。讀之使人輒喚奈何，非曾經憂患，不識此味。

龍池

龍池〔一〕賜酒敞雲屏，羯鼓〔二〕聲高眾樂停。夜半宴歸宮漏永，薛王沈醉壽王醒〔三〕。

選注：

〔一〕龍池：《唐兩京城坊考》載興慶宮內有龍池，此處指唐明皇的宴會場所。

〔二〕羯鼓：又名兩杖鼓，一種樂器。唐明皇極愛羯鼓。

〔三〕薛王句：薛王，唐明皇之弟李業，封薛王。開元二十二年（七三四）李業薨，其子李琄嗣薛王。按，楊貴妃入宮時，李業已不在世，此薛王或許當指李琄，但詩中僅為陪襯壽王而用。壽王，即李瑁，唐明皇李隆基之子，楊玉環原為壽王妃，為李隆基所奪，冊為貴妃。此二句即諷刺唐明皇父奪子妻的醜聞，設想宮廷宴會之後，薛王心無掛念，痛飲沈醉而睡，而壽王因在宴會上看見楊玉環，想到奪妻之痛，自必耿耿於懷，夜不能寐。

彙評：

《圍爐詩話》：詩貴有含蓄不盡之意，尤以不著意見、聲色、故事、議論者為上。義山刺楊妃事之『夜半宴歸宮漏永，薛王沈醉壽王醒』是也……其詞微而意顯，得風人之體。

淚

永巷〔一〕長年怨綺羅，離情終日思風波。湘江竹〔二〕上痕無限，峴首碑〔三〕前灑幾多。人去紫臺秋入塞〔四〕，兵殘楚帳夜聞歌〔五〕。朝來灞水橋〔六〕邊問，未抵青袍送玉珂〔七〕。

選注：

〔一〕永巷：漢代宮中幽閉有罪妃嬪之處。

〔二〕湘江竹：舜南巡，卒於蒼梧，其二妃娥皇、女英聞之，趕到湘江邊痛哭，淚染湘竹，竹枝成斑。

〔三〕峴首碑：西晉大將羊祜曾經鎮守襄陽，愛護百姓，死後，襄陽百姓在羊祜平時遊憩之峴山立廟建碑，望其碑者，莫不流涕，因名之為『墮淚碑』。

〔四〕人去句：紫臺，指宮廷。用王昭君典故，江淹《恨賦》：『明妃去時，仰天太息。紫臺稍遠，關山無極。』唐·杜甫《詠懷古跡五首》（其三）：『一去紫臺連朔漠。』

〔五〕兵殘句：用楚霸王項羽典故。項羽兵敗垓下，聞得四面楚歌，以為大勢已去，乃作《垓下歌》，歌罷泣下。

〔六〕灞水橋：又作灞橋、霸橋，在長安城東，當時人皆於此送行，折柳贈別。

〔七〕青袍送玉珂：青袍，唐制，八、九品服青，指代卑微小官。玉珂，佩玉，指代達官貴人。這一句是說前六句六種悲泣場景，都及不上貧寒卑微小官為達官貴人送行時的辛酸苦楚。

彙評：

《唐賢清雅集》：昔人謂句句是淚不是哭，信然！愚謂前半猶人所知，後半放筆言之，末仍說出自己心事，方不是空空詠淚。詩骨在此，須細看『未抵』二字。

流鶯

流鶯漂蕩復參差，渡陌臨流不自持〔一〕。巧囀〔二〕豈能無本意，良辰未必有佳期。風朝露夜陰晴裏，萬户千門開閉時。曾苦傷春不忍聽，鳳城何處有花枝。

選注：

〔一〕不自持：無法自主。

〔二〕巧囀：囀，鳥啼。巧，形容鳥啼之美妙。

彙評：

《李義山詩解》：此作者自傷漂蕩，無所依歸，特託流鶯以發歎耳。

《李義山詩辨正》：含思宛轉，獨絕古今。亦寓客中無聊、陳情不省之慨。

常娥〔一〕

雲母屏風燭影深，長河〔二〕漸落曉星沉。常娥應悔偷靈藥〔三〕，碧海青天夜夜心。

選注：

〔一〕常娥：即嫦娥。

〔二〕長河：銀河。

〔三〕偷靈藥：相傳嫦娥為后羿之妻，竊服后羿所求得之不死藥而飛升入月宮。

彙評：

《唐人萬首絕句選評》：借嫦娥抒孤高不遇之感，筆舌之妙，自不可及。

初食笋呈座中

嫩籜香苞〔一〕初出林，於陵〔二〕論價重如金。皇都陸海〔三〕應無數，忍剪凌雲一寸心。

選注：

〔一〕籜：笋殼。香苞：比喻笋殼包裹的嫩笋狀若花苞。

〔二〕於陵：漢朝地名，在淄州長山縣（今屬山東）。

〔三〕陸海：陸地和海中的物產，指代山珍海味。

彙評：

《李義山詩集箋注》：此以知心望當事也。須知三千座中客，要求一個半個有心人絕少。

《玉谿生詩意》：皇都之剪食無數，誰惜此淩雲一寸心乎？流落長安者可痛哭也。

無題二首

鳳尾香羅〔一〕薄幾重，碧文圓頂〔二〕夜深縫。扇裁月魄〔三〕羞難掩，車走雷聲〔四〕語未通。曾是寂寥金燼〔五〕暗，斷無消息石榴紅。斑騅〔六〕只繫垂楊岸，何處西南任好風。

重幃深下莫愁堂，臥後清宵細細長。神女生涯原是夢，小姑居處本無郎〔七〕。風波不信菱枝弱，月露誰教桂葉香。直道相思了無益，未妨惆悵是清狂。

選注：

〔一〕鳳尾香羅：織有鳳尾花紋的薄羅。

〔二〕碧文圓頂：青碧色花紋的圓頂帳子。

〔三〕扇裁月魄：形容團扇如月，漢·班婕妤《怨歌行》：『裁作合歡扇，團團如明月。』

〔四〕車走雷聲：形容車去迅速。漢·司馬相如《長門賦》：『雷殷殷而響起兮，聲象君之車音。』

〔五〕金燼：金色的蠟燭灰燼。

〔六〕斑騅：黑白雜色的馬。

〔七〕神女二句：神女，指巫山神女，曾入楚王之夢歡會。小姑，古樂府《青溪小姑曲》：『小姑所居，獨處無郎。』

彙評：

《李義山詩集箋注》：此詠所思之人，可思而不可見也。

《玉谿生詩集箋注》：此種真沉淪悲憤、一字一淚之篇，乃不解者引入歧途，粗解者未披重霧，可慨久矣。

《唐詩三百首》：明知無益，而惆悵不已，直清狂本色耳。

《李義山詩辨正》：通篇反復自傷，不作一決絕語，真一字一淚之詩也。

槿花

風露淒淒秋景繁，可憐榮落在朝昏〔一〕。未央宮裏三千女〔二〕，但保紅顏莫保恩。

選注：

〔一〕榮落在朝昏：指木槿花朝開暮落的習性。常比喻紅顏易老。

〔二〕未央句：《漢武故事》載漢武帝建明光宫，『發燕趙美女三千人充之』。

彙評：

《重訂李義山詩集箋注》：程夢星曰：古人用槿花以比紅顏，本取其朝榮夕落之義，故此詩祖之。末二句不獨感紅顏之易衰，亦致慨舊恩之難恃也。

暮秋獨遊曲江

荷葉生時春恨生，荷葉枯時秋恨成。深知身在情長在，悵望江頭江水聲。

彙評：

《玉谿生詩意》：江郎云『僕本恨人』，青蓮云『古之傷心人』，與此同意。

《重訂李義山詩集箋注》：『身在情長在』一語，最為淒婉，蓋謂此身一日不死，則此情一日不斷也。

《玉谿生詩集箋注》：調古情深。

房中曲〔一〕

薔薇泣幽素，翠帶花錢小。嬌郎癡若雲，抱日西簾曉。枕是龍宮石，割得秋波色。玉簟失柔膚，但見蒙羅碧〔二〕。憶得前年春，未語含悲辛。歸來已不見，錦瑟長於人。今日澗底松，明日山頭檗〔三〕。愁到天池〔四〕翻，相看不相識。

選注：

〔一〕房中曲：舊曲名。《舊唐書·音樂志》：『平調、清調、瑟調，皆周《房中曲》之遺聲也。』此題用舊曲名寫悼亡詩。

〔二〕蒙羅碧：碧羅帳。

〔三〕檗：黄柏，味苦。

〔四〕天池：海。天池，一作『天地』。

彙評：

明·鍾惺、譚元春《唐詩歸》：鍾云：苦情幽豔。○譚云：情寓纖冷。

《玉谿生詩集箋注》：徐德泓曰：此悼亡詞。花泣幽而錢小，猶人歸泉路而遺嬰稚也。嬌郎無所知識，倚父寢興，如癡雲抱日而曉耳。帳中寶枕，乃眼淚所流潤者；人去床空，唯見碧羅蒙罩而已。記得别時傷心難語，今歸不見人，僅見所遺之物，即愁到天地翻覆，豈能見而識哉！

賈生

宣室求賢訪逐臣〔一〕，賈生才調更無倫〔二〕。可憐夜半虚前席，不問蒼生問鬼神〔三〕。

選注：

〔一〕宣室句：宣室，漢未央宮前殿正室，漢文帝召見賈誼之處。逐臣，被貶謫的臣子，指賈誼。賈誼前貶長沙傅。

〔二〕無倫：無以倫比。

〔三〕可憐二句：前席，因為聽得入神，移動身體坐到坐墊的前端。問鬼神，指漢文帝召見賈誼，詢問鬼神之事。《史記・屈原賈生列傳》：『上因感鬼神事而問鬼神之本，賈生因具道所以然之狀。至夜半，文帝前席。』此處言『可憐』、『虛』，諷刺漢文帝名為愛才，實則並不懂用賈誼之才。

彙評：

《玉谿生詩說》：純用議論矣，卻以唱歎出之，不見議論之跡。

《唐人萬首絕句選評》：議論風格俱峻。

謁山

從來繫日乏長繩〔一〕，水去雲回恨不勝。欲就麻姑〔二〕買滄海，一杯春露冷如冰。

〔一〕繫日乏長繩：漢·傅玄《九曲歌》：『安得長繩繫白日。』

〔二〕麻姑，仙女名，自稱曾見滄海三次變為桑田。

鈞天

上帝鈞天〔一〕會眾靈，昔人因夢到青冥。伶倫〔二〕吹裂孤生竹，却為知音不得聽。

選注：

〔一〕鈞天：天庭。《史記·趙世家》載趙簡子夢中『之帝所，甚樂，與百神遊於鈞天』。

〔二〕伶倫：傳說中黃帝的樂官。《呂氏春秋》載黃帝令伶倫作律，伶倫取嶰谷之竹吹之，聽鳳凰之鳴，作十二律。

哭劉司户蕡

路有論冤謫，言皆在中興〔一〕。空聞遷賈誼，不待相孫弘〔二〕。江闊惟回首，天高但撫膺。去年相送地，春雪滿黃陵〔三〕。

選注：

〔一〕中興：國家復興。這一句指劉蕡所作策對，皆為唐朝中興而發。

〔二〕孫弘：即公孫弘，漢武帝的宰相。

〔三〕黃陵：黃陵山，在今長沙。李商隱和劉蕡相別於黃陵，見前《哭劉蕡》注。

彙評：

清·姚鼐《五七言今體詩鈔》：義山此等詩殆得少陵之神，不僅形貌。

《律髓輯要》：此章前半從旁面着筆，五、六收前二章意，結句倒追，回應第一章起句，益覺黯然神傷，深得老杜用筆之妙。

夜飲

卜夜〔一〕容衰鬢，開筵屬異方。燭分歌扇泪，雨送酒船〔二〕香。江海三年客，乾坤百戰場。誰能辭酩酊，淹臥劇清漳〔三〕。

選注：

〔一〕卜夜：通宵飲酒。《左傳》云敬仲招待齊桓公飲酒，桓公要求舉火夜飲，敬仲辭曰：『臣卜其晝，未卜其夜。』

〔二〕酒船：古人酒盞製成船形，稱為酒船。

〔三〕清漳：形容生病，用劉楨典故。劉楨，漢文學家，建安七子之一，其詩《贈五官中郎將》云：『余嬰沈痼疾，竄身清漳濱。』

彙評：

宋·范晞文《對床夜語》：若『江海三年客，乾坤百戰場』，則絕類老杜。

《李義山詩集箋注》：衰鬢殊方，何心歌扇酒船之樂？顧連年江海，百戰乾坤，如此身世，那能淹臥一室，不借酩酊以為消遣之地耶？

《玉谿生詩集箋注》：五、六指事中兼含身世之感，非強摹悲壯之鈍漢也。

涼思

客去波平檻〔一〕，蟬休露滿枝。永懷當此節，倚立自移時。北斗兼春遠，南陵〔二〕寓使遲。天涯占夢數〔三〕，疑誤有新知。

選注：

〔一〕波平檻：池塘漲水，水面和欄檻相平。

〔二〕南陵：屬宣州，即今安徽省南陵縣。

〔三〕占夢數：頻繁占卜夢境的凶吉。

彙評：

《義門讀書記》：起聯寫水亭秋夜，讀之亦覺涼氣侵肌。

海上謠

桂水〔一〕寒於江，玉兔〔二〕秋冷咽。海底覓仙人〔三〕，香桃如瘦骨。紫鸞不肯舞，滿翅蓬山雪。借得龍堂寬，曉出揲雲髮〔四〕。劉郎〔五〕舊香炷，立見茂陵樹。雲孫〔六〕帖帖臥秋煙，上元細字如蠶眠〔七〕。

選注：

〔一〕桂水：相傳月中有桂樹，月面空處為水影，桂水即月中桂樹下的溪水。一說指桂州離水，又曰桂江，然桂林地暖，與下文『寒於江』不合。

〔二〕玉兔：傳說月中有玉兔，此處指代月亮。

〔三〕海底覓仙人：《史記·封禪書》載海上有三神山蓬萊、方丈、瀛壺，諸仙人及不死藥在焉。人未至，望之如雲，及到，三神山反居水下。

〔四〕摞雲髮：摞，摺。雲髮，對鬢髮的美稱。摞雲髮，即挽髮盤髻。

〔五〕劉郎：和下文『茂陵』均指漢武帝劉徹。李賀《金桐仙人辭漢歌》：『茂陵劉郎秋風客。』

〔六〕雲孫：從本身算起，第九代孫為雲孫，亦泛指遠孫。

〔七〕上元句：上元，上元夫人，女仙名，曾授漢武帝仙方。細字，指上元夫人所傳『靈飛、致神之方』。蠶眠，蠶蛻皮前的休眠狀態。這一句指漢武帝求仙未成，數代之後，上元夫人所傳之仙方亦如蠶眠沈睡，無人閱讀。此詩題旨不明，或為諷刺唐帝求仙之風。

彙評：

《李義山詩集輯評》：朱彝尊曰：義山學杜者也，間用長吉體作《射魚》《海上》《燕臺》《河陽》等詩，則多不可解。

《李義山詩集箋注》：諷求仙也。月中桂冷，海底桃枯，神仙何在？驂鸞馭龍，徒虛語耳。且劉郎既葬之後，又經幾葉？『雲孫臥秋煙』，言同歸陵墓中也。當日上元夫人雖有蠶書往來，豈足信耶？

《玉谿生詩意》：當水寒秋冷時，求仙海上，而仙不可得，不過於龍堂中歡娛美色而已，安得不速死乎？此刺世之好求仙者，非刺漢武也。

花下醉

尋芳不覺醉流霞〔一〕，倚樹沈眠日已斜。客散酒醒深夜後，更持紅燭賞殘花。

選注：

〔一〕流霞：《抱朴子》記項曼都學仙，自云：『仙人但以流霞一杯與我飲之，輒不饑渴。』這裏指酒。

彙評：

清・馬位《秋窗隨筆》：李義山詩『客散酒醒深夜後，更持紅燭賞殘花』，有雅人深致；蘇子瞻『只恐夜深花睡去，故燒高燭照紅妝』，有富貴氣象：二子愛花興復不淺。或謂兩詩孰佳，余曰：李勝，蘇微有小疵。

《李義山詩辨正》：含思婉轉，措語沉著，晚唐七絕，少有媲者，真集中佳唱也。

滯雨

滯雨〔一〕長安夜，殘燈獨客愁。故鄉雲水地，歸夢不宜秋。

選注：

〔一〕滯雨：因雨阻滯。

彙評：

《李義山詩集箋注》：大抵說愁雨，皆在不寐時，此偏愁到夢裏去。

《詩境淺說續編》：首二句不過言獨客長安，孤燈聽雨耳。詩意在後二句，謂故鄉為雲水之地，歸夢迢遙，易為水重雲複所阻……況多秋雨，則歸夢更遲。因聽雨而憶故鄉，因故鄉多雨，而恐歸夢之不宜，可謂詩心幽渺矣。黄仲則詩『秣陵天遠不宜秋』殆本此意。

正月崇讓宅〔一〕

密鎖重關掩綠苔，廊深閣迥此徘徊。先知風起月含暈〔二〕，尚自露寒花未開。蝙拂簾旌終展轉，鼠翻窗網小驚猜。背燈獨共餘香語，不覺猶歌起夜來〔三〕。

選注：

〔一〕崇讓宅：在洛陽，是李商隱岳父王茂元的住宅。

〔二〕風起月含暈：月含暈，即月暈，月亮旁邊出現光暈，是將要起風的氣象。《廣韻》：『月暈則多風。』

〔三〕起夜來：樂府歌曲名。《樂府解題》：『《起夜來》，其辭意猶念疇昔，思君之來也。』

彙評：

《義門讀書記》：此自悼亡之詩，情深一往。

《李義山詩辨正》：悼亡詩最佳者。情深一往，讀之增伉儷之重，潘黃門後絕唱也。

北青蘿〔一〕

殘陽西入崦〔二〕，茅屋訪孤僧。落葉人何在，寒雲路幾層。獨敲初夜磬，閑倚一枝藤。世界微塵裏〔三〕，吾寧愛與憎。

選注：

〔一〕北青蘿：在今河南省濟源縣王屋山。

〔二〕崦：崦嵫之山，《山海經》所稱日沒所落入之山。這裏泛指日落處的山峰。

〔三〕世界微塵裏：微塵，佛教用語。《法華經》：『書寫三千大千世界事，全在微塵中。』

微雨

初隨林靄〔一〕動，稍共夜涼分。窗迥侵燈冷，庭虛近水聞。

選注：

〔一〕林靄：林中的霧靄。

彙評：

《李義山詩集輯評》：何焯曰：雖無遠指，寫『微』字自得神。

《李義山詩集箋注》：窗迴而侵燈覺冷，庭虛故近水遙聞，寫『微』字靜細。

曲江

望斷平時翠輦〔一〕過，空聞子夜鬼悲歌〔二〕。金輿不返傾城色，玉殿猶分下苑波。死憶華亭聞唳鶴〔三〕，老憂王室泣銅駝〔四〕。天荒地變心雖折，若比傷春〔五〕意未多。

作品背景：

曲江為長安名勝，開元、天寶間唐玄宗、楊貴妃多次遊賞此地，賜宴群臣。安史之亂後，荒蕪廢棄。大和九年二月，唐文宗想恢復開元盛事，派神策軍疏浚曲江，當年十月賜宴百官於曲江。十一月，甘露之變發生，從此罷修。李商隱此詩借描寫曲江遭遇，抒發對政治的感慨。

選注：

〔一〕翠輦：帝王后妃乘坐的車駕。

〔二〕子夜鬼悲歌：甘露之變後，宦官報復朝臣，牽連誅殺千餘人，長安城中愁雲慘霧，見前《重有感》注。

〔三〕華亭聞唳鶴：晉陸機被譖殺，臨死前感嘆：『華亭鶴唳，豈可復聞乎？』這裏指甘露之變中被牽連冤殺的宰相王涯等人。

〔四〕泣銅駝：晉人索靖預感天下將亂，指著洛陽宮門的銅駝嘆息：『會見汝在荊棘中耳！』這裏表達將要亡國的擔憂。

〔五〕傷春：原作『陽春』，據馮浩注改。

彙評：

《李義山詩集箋注》：朱鶴齡云：此詩前四句追感玄宗與貴妃臨幸時事，後四句則言王涯等被禍，憂在王室，而不勝天荒地變之悲也。

《唐宋詩舉要》：悲憤深曲，得老杜之神髓。

九日

曾共山翁〔一〕把酒時，霜天白菊〔二〕繞階墀。十年泉下無消息〔三〕，九日〔四〕樽前有所思。不學漢臣栽苜蓿〔五〕，空教楚客詠江蘺〔六〕。郎君官貴施行馬〔七〕，東閣〔八〕無因再得窺。

選注：

〔一〕山翁：即山簡，晉名士。這裏指代令狐楚。

〔二〕霜天白菊：令狐楚喜愛白菊，劉禹錫有《和令狐相公展玩白菊》詩，起句云：『家家菊盡黃，梁國獨如霜。』

〔三〕無消息：一作『無人問』。『無消息』，含義較勝。

〔四〕九日：九月九日，即重陽節。

〔五〕漢臣栽苜蓿：苜蓿，今金花菜。漢通西域，於大宛國得苜蓿種子，種植以喂馬。

〔六〕楚客詠江離：楚客，指屈原。江離，又作江離，一種香草。屈原《離騷》：『扈江離與辟芷兮。』

〔七〕郎君句：郎君，唐代對別人兒子的尊稱，這裏指令狐楚之子令狐綯。施行馬，門前設置『拒馬』（一種木製的路障，以禁止通行），《演繁露·行馬》：『晉魏以後，官至貴品，其門得施行馬。』

〔八〕東閣：指代宰相家中招賢納士的處所，漢宰相公孫弘『開東閣以延賢人』。此句一作『東閣無緣得再窺』。

彙評：

五代·孫光憲《北夢瑣言》：李商隱員外依彭陽令狐楚，以箋奏受知……彭陽之子綯繼有韋平之拜，似疏隴西，未嘗展分。重陽日，義山詣宅，於廳事上留題，其略云：『曾共山翁把酒時……』相國睹之，慚悵而已，乃扃閉此廳，終身不處也。

清·張謙宜《絸齋詩談》：『曾共山公把酒時，霜天白菊繞階墀』，觸物思人，已成隔世。十年泉下雖無消息，九日樽前卻有所思，一開一合，總說傷心。『不學漢臣栽苜蓿』，既未曾施恩；『空教楚客詠江蘺』，但責其思慕。『郎君官貴施行馬』，彼先拒我；『東閣無緣得再窺』，我豈無情？通篇如訴如泣，妙不可言。

柳枝五首 有序

柳枝，洛中里娘也。父饒好賈〔一〕，風波死湖上。其母不念〔二〕他兒子，獨念柳枝。生十七年，塗粧綰髻，未嘗竟〔三〕，已復起去，吹葉嚼蕊，調絲擫管〔四〕。作天海風濤之曲、幽憶怨斷之音。居其傍，與其家接，故往來者，聞十年尚相與。疑其醉眠，夢斷不娉〔五〕。余從昆〔六〕讓山，比柳枝居為近。他日春曾陰〔七〕，讓山下馬柳枝南柳下，詠余《燕臺詩》〔八〕。柳枝驚問：『誰人有此，誰人為是？』讓山謂曰：『此吾里中少年叔耳。』柳枝手斷長帶，結讓山為贈叔乞詩。明日，余比馬〔九〕出其巷，柳枝丫鬟畢粧，抱立扇下，風障一袖，指曰：『若叔是？後三日，隣當去濺裙水上〔十〕，以博香山待〔十一〕，與郎俱過。』余諾之。

會所友有偕當詣京師者，戲盜余卧裝〔十二〕以先，不果留。雪中，讓山至，且曰：『為東諸侯〔十三〕取去矣。』明年，讓山復東〔十四〕，相背於戲上〔十五〕。因寓詩，以墨〔十六〕其故處云。

花房與蜜脾〔十七〕，蜂雄蛺蝶雌。同時不同類，那復更相思。
本是丁香樹，春條結始生。玉作彈棋局，中心亦不平〔十八〕。
嘉瓜引蔓長，碧玉冰寒漿〔十九〕。東陵雖五色〔二十〕，不忍值牙香〔二十一〕。
柳枝井上蟠，蓮葉浦中乾。錦鱗與繡羽〔二十二〕，水陸有傷殘。
畫屏繡步障〔二十三〕，物物自成雙。如何湖上望，只是見鴛鴦。

選注：

〔一〕饒好賈：饒，富裕。好賈，從事商業。

〔二〕念：憐愛。

〔三〕未嘗竟：未嘗完成，未嘗嫺熟。

〔四〕調絲擫管：絲，彈撥樂器。管，吹奏樂器。擫，用指按壓（笛、簫孔）。泛指演奏樂器。

〔五〕不娉：娉，即聘，訂婚。連上句，意為懷疑柳枝是因為天真爛漫，又有夢兆斷定，故此尚未婚聘。

〔六〕從昆：昆，兄弟。從，同曾祖稱之為從，同祖稱之為堂。從昆即同曾祖的兄弟。

〔七〕曾陰：曾，通層。層陰即陰雲天氣。

〔八〕《燕臺詩》：即李商隱《燕臺四首》，見後。

〔九〕比馬：並馬。這裏指和讓山並馬而行。

〔十〕濺裙水上：濺，通湔，洗。舊俗，春日於水濱湔裙酹酒，可以度厄避災。

〔十一〕以博香山待：博香山，即博山爐，《楊叛兒曲》：『歡作沉水香，儂作博山爐。』

指代男女歡會。這裏是柳枝邀請李商隱約會。

〔十二〕卧裝：行李，鋪蓋。

〔十三〕東諸侯：諸侯，指代當時的藩鎮。關中以東各鎮節度使均可稱之為東諸侯。

〔十四〕讓山復東：前云李商隱和讓山先後到京師（長安），此處『復東』即指讓山向東又回河南。

〔十五〕相背於戲上：戲上，戲指戲水驛，在臨潼（今陝西省西安市臨潼區）東北。相背，即分別。

〔十六〕墨：書寫。前文『寓詩』即寄詩，委託讓山將此詩書寫在和柳枝相遇之處。

〔十七〕花房句：花房，今稱子房，花朵下半部分，花萼之内，保護雌蕊胚珠的囊狀結構。蜜脾，指花蜜，供蜜蜂吸取釀蜜。

〔十八〕玉作二句：見前《無題》『莫近彈棋局，中心最不平』注。

〔十九〕碧玉句：碧玉，形容瓜外皮碧綠如玉。冰，凝結。寒漿，形容瓜瓤水分豐富多汁，入口沁涼。

〔二十〕東陵句：《史記·蕭相國世家》載秦東陵侯邵平，秦亡後為布衣，在長安城東種瓜，其瓜俗稱東陵瓜。晉·阮籍《詠懷》：『昔聞東陵瓜……五色曜朝日。』

〔二十一〕不忍：值，處置。牙香，牙齒咬開散發清香的瓜。此二句說雖然瓜美卻不忍心食用。

〔二十二〕錦鱗句：錦鱗，游魚。繡羽，飛鳥。即下句之『水陸』。

〔二十三〕步障：遮擋風塵、視線的屏幕。

彙評：

《李義山詩集箋注》：五首俱效樂府體，皆聊以自解之詞。

《李義山詩集輯評》：紀昀曰：五首皆有《子夜》《讀曲》之遺。

燕臺四首

風光冉冉東西陌，幾日嬌魂尋不得。蜜房〔一〕羽客類芳心，冶葉倡條〔二〕偏相識。暖藹輝遲桃樹西，高鬟立共桃鬟〔三〕齊。雄龍雌鳳杳何許，絮亂絲繁天亦迷。醉起微陽若初曙，映簾夢斷聞殘語。愁將鐵網罥珊瑚〔四〕，海闊天翻迷處所。衣帶無情有寬窄，春煙自碧秋霜白。研丹擘石天不知，願得天牢〔五〕鎖冤魄。夾羅委篋單綃起，香肌冷襯琤琤珮。今日東風自不勝，化作幽光入西海。右春

前閣雨簾愁不卷，後堂芳樹陰陰見。石城〔六〕景物類黃泉，夜半行郎空柘彈〔七〕。綾扇喚風閶闔〔八〕天，輕帷翠幕波淵旋〔九〕。蜀魂〔十〕寂寞有伴未，幾夜瘴花開木棉。桂宮〔十一〕留影光難取，嫣薰蘭破輕輕語。直教銀漢

墮懷中，未遣星妃鎮來去〔十二〕。濁水清波何異源，濟河水清黃河渾。安得薄霧起緗裙〔十三〕，手接雲輧〔十四〕呼太君。右夏

月浪〔十五〕衡天天宇濕，涼蟾〔十六〕落盡疏星入。雲屏不動掩孤嚬，西樓一夜風箏〔十七〕急。欲織相思花寄遠，終日相思却相怨。但聞北斗聲迴環，不見長河水清淺〔十八〕。金魚〔十九〕鎖斷紅桂春，古時塵滿鴛鴦茵。堪悲小苑作長道〔二十〕，玉樹〔二十一〕未憐亡國人。瑶琴愔愔〔二十二〕藏楚弄，越羅冷薄金泥重。簾鈎鸚鵡夜驚霜，喚起南雲繞雲夢。雙璫丁丁聯尺素〔二十三〕，内記湘川相識處。歌脣一世銜雨〔二十四〕看，可惜馨香手中故。右秋

天東日出天西下，雌鳳孤飛女龍寡。青溪白石〔二十五〕不相望，堂中遠甚蒼梧野。凍壁霜華交隱起，芳根中斷香心死。浪乘畫舸憶蟾蜍〔二十六〕，月娥未必嬋娟子。楚管蠻絃愁一概，空城舞罷腰支在。當時歡向掌中銷，

桃葉桃根〔二十七〕雙姊妹。破鬟矮墮〔二十八〕凌朝寒，白玉燕釵黃金蟬〔二十九〕。

風車雨馬不持去，蠟燭啼紅怨天曙。右冬

選注：

〔一〕蜜房：即『蜜脾』，見前《柳枝》注。

〔二〕冶葉倡條：冶，艷冶。倡，茂盛。形容柳條茂盛柔長而美麗。暗喻青樓女子。

〔三〕桃鬟：桃樹花枝茂密，如女子髮鬟。

〔四〕鐵網罥珊瑚：見前《碧城三首》『鐵網珊瑚』注。

〔五〕天牢：星名，《晉書·天文志》：『天牢六星在北斗魁下，貴人之牢也。』

〔六〕石城：石頭城（今南京），指代美女的住處，語出樂府《莫愁樂》：『莫愁在何處？莫愁石城西。』

〔七〕柘彈：柘木製作的彈弓。《西京雜記》：『長安五陵人以柘木為彈。』

〔八〕閶闔：天門，天之南門。

〔九〕淵旋：迴旋。

〔十〕蜀魂：杜鵑。用蜀望帝化為杜鵑的典故，見前《錦瑟》『望帝春心託杜鵑』注。

〔十一〕桂宮：月宮。

〔十二〕未遣句：星妃，指織女。鎮，經常。此連上句，意為如果銀河墮入懷中，就不必再讓織女渡河往返了。

〔十三〕緗裙：淺黃色的裙子。

〔十四〕雲軿：軿，婦女所乘坐的有車棚的車。這裏指仙女乘坐的車。

〔十五〕月浪：形容月光鋪滿天空如波浪。

〔十六〕涼蟾：神話傳說月亮上有蟾蜍，故用蟾指代月。涼蟾即涼月。

〔十七〕風箏：古代建築物的屋簷間風吹發聲的一種裝飾。明·楊慎《丹鉛總錄》：『古人殿閣簷棱間有風琴、風箏，皆因風動成音，自叶宮商。』

〔十八〕長河水清淺：長河，銀河。《古詩十九首》：『河漢清且淺。』

〔十九〕金魚：魚形的金屬鎖。

〔二十〕長道：即永巷，宮廷中幽禁妃嬪的處所。

〔二十一〕玉樹：《玉樹後庭花》，陳後主所製亡國之音。見前《隋宮》『後庭花』注。

〔二十二〕愔愔：和悅安舒的樣子。晉·嵇康《琴賦》：『愔愔琴德。』

〔二十三〕尺素：書信。

〔二十四〕銜雨：雨，形容淚流如雨。銜雨，即和淚。

〔二十五〕青溪白石：青溪，指古樂府《青溪小姑曲》：『開門白水，側近橋樑。小姑所居，獨處無郎。』白石，指古樂府《白石郎曲》：『白石郎，臨江居。』這裏用以指代分居不得相會的男女。

〔二十六〕蟾蜍：指月亮，見本詩注〔十六〕。

〔二十七〕桃葉桃根：晉人王獻之的妾名桃葉，其姊妹名桃根。

〔二十八〕矮墮：髮髻堆覆。這是唐代婦女的一種髮型，名矮墮髻，又作倭墮髻。

〔二十九〕白玉句：白玉燕釵，玉釵名。《洞冥記》載漢武帝時期神女留一玉釵，後宫中發匣，見釵化作白燕升天。黄金蟬，做成蟬狀的金首飾。

彙評：

《李義山詩集輯評》：朱彝尊曰：語豔意深，人所曉也。以句求之，十得八九，以篇求之，終難了然。定遠謂此等語不解亦佳，如見西施，不必識姓名而後知其美，亦不得已之論也。○何焯曰：寄託深遠，耐人尋味。

清·秦朝釪《消寒詩話》：義山詩如《無題》《碧城》《燕臺》等詩，且放空著，即以為如《離騷》之美人香草，猶有味也。要其人風情固自不淺。

河陽詩〔一〕

黄河搖溶天上來，玉樓影近中天臺〔二〕。龍頭瀉酒〔三〕客壽杯，主人淺笑紅玫瑰〔四〕。梓澤〔五〕東來七十里，長溝複塹埋雲子〔五〕。可惜秋眸一臠〔六〕光，漢陵〔七〕走馬黄塵起。南浦老魚腥古涎，真珠密字芙蓉篇。湘中寄到夢不到，衰容自去拋涼天。憶得蛟絲裁小卓，蛺蝶飛迴木綿薄。綠繡笙囊不見人，一口紅霞夜深嚼。幽蘭泣露新香死，畫圖淺縹〔八〕松溪水。楚絲微覺竹枝〔九〕高，半曲新辭寫綿紙。巴陵夜市紅守宫〔十〕，後房点臂斑斑紅。堤南渴雁自飛久，蘆花一夜吹西風。曉簾串斷蜻蜓翼〔十一〕，羅屏但有空青色。玉灣不釣三千年，蓮房暗被蛟龍惜。濕銀注鏡〔十二〕井口平，鸞釵映月寒錚錚。不知桂樹在何處，仙人不下雙金莖。百尺相風〔十三〕插重屋，側近嫣紅伴柔綠。百勞〔十四〕不識對月郎，湘竹〔十五〕千條為一束。

選注：

〔一〕河陽：即孟州（在今河南省孟縣）。河陽節度使駐紮此地。李商隱岳父王茂元卒於此任上。此詩題旨不明，有悼亡說、哭王茂元說、感舊懷人說等。

〔二〕中天臺：中天之臺，《列子》所載周穆王築以招納從西極之國而來的奇士的高臺。

〔三〕龍頭瀉酒：酒器口鑄造為龍形。唐·李賀《秦王飲酒》：『龍頭瀉酒邀酒星。』

〔四〕玫瑰：寶石名。又名火齊珠，紅色。

〔五〕梓澤：即石崇的金谷園，又名梓澤，在河陽。

〔五〕雲子：雲子石，色白而細長似飯粒。

〔六〕臠：切下的肉塊。這裏用來指代眸子。

〔七〕漢陵：指洛陽附近，漢朝諸帝陵墓均在洛陽近地。

〔八〕淺縹：淡青色。

〔九〕竹枝：歌曲名。唐詩人劉禹錫在沅湘曾仿民歌作《竹枝詞》。

〔十〕守宮：一種蜥蜴，《博物志》：『以器養之，食以朱砂，體盡赤，所食滿七斤，治擣萬杵，點女人支體，終年不滅，惟房事則滅，故號守宮。』

〔十一〕蜻蜓翼：形容簾子薄而透明，如蜻蜓翅膀。

〔十二〕瀉銀注鏡：形容鏡面光潔明亮，如水銀瀉注。

〔十三〕相風：即相風竿，又稱相風烏，製為烏形，置於屋頂或長竿之端，觀測風向。

〔十四〕百勞：即伯勞，鳥名。

〔十五〕湘竹：用湘妃竹染淚痕的典故，見前《淚》『湘江竹』注。

驕兒詩

衮師〔一〕我驕兒，美秀乃無匹。文葆未周晬〔二〕，固已知六七。四歲知名姓，眼不視梨栗〔三〕。交朋頗窺覦，謂是丹穴物〔四〕。前朝尚器貌，流品方第一〔五〕。不然神仙姿，不爾燕鶴骨〔六〕。安得此相謂，欲慰衰朽質。青春妍和月，朋戲〔七〕渾甥姪。繞堂復穿林，沸若金鼎溢。門有長者來，造次〔八〕請先出。客前問所須，含意下吐實。歸來學客面，闒敗〔九〕秉爺笏。或謔張飛胡，或笑鄧艾吃〔十〕。豪鷹毛崱屴〔十一〕，猛馬氣佶傈〔十二〕。截得青篔簹〔十三〕，騎走恣唐突。忽復學參軍，按聲喚蒼鶻〔十四〕。又復紗燈旁，稽首禮夜佛。仰鞭罥蛛網，俯首飲花蜜。欲爭蛺蝶輕，未謝柳絮疾。階前逢阿姊，六甲〔十五〕頗輸失。凝走弄香奩，拔脱金屈戌〔十六〕。抱持多反側，威怒不可律〔十七〕。曲躬牽窗網，衉唾〔十八〕拭琴漆。有時看臨書〔十九〕，挺立不動膝。古錦請裁衣，玉軸亦欲乞。請爺書春勝〔二十〕，春勝宜春日。芭蕉斜卷箋，辛夷低過筆〔二十一〕。爺昔好讀書，懇苦自著述。顦顇欲四十，無肉畏蚤虱。兒慎勿學爺，讀書求甲乙〔二十二〕。穰苴司馬法，張良黄石術〔二十三〕。便為帝王師，不假更纖悉〔二十四〕。况今西與北，羌戎正狂悖〔二十五〕。誅赦兩未成，將養如痼疾。兒當速成大，探雛入虎穴〔二十六〕。當為萬户侯〔二十七〕，勿守一經帙〔二十八〕。

選注：

〔一〕衮師：李商隱之子，約生於會昌六年（八四六），這年約莫四歲。

〔二〕文葆句：文葆，襁褓。未周晬，沒滿周歲。

〔三〕四歲句：這句連上句『固已知六七』，均為贊衮師早慧，反用晉陶潛《責子詩》：

『雍端年十三，不識六與七。通子垂九齡，但覓梨與栗。』

〔四〕丹穴物：丹穴，鳳凰所棲之山。見前《韓冬郎即席為詩相送一座盡驚他日余方追吟連宵侍坐裴徊久之句有老成之風因成二絶寄酬兼呈畏之員外》『丹山』注。丹穴物，即鳳凰。

〔五〕流品句：流品，魏晉南北朝時期對人物的品評定級。方，比擬為。

〔六〕燕鶴骨：貴人的風骨。

〔七〕朋戲：群相遊戲。

〔八〕造次：匆忙。

〔九〕闖敗：闖，開闢。闖敗，即開門闖入，以至於弄壞了門。

〔十〕或謔二句：以三國人物傳說取笑客人，張飛多鬍子，鄧艾口吃。

〔十一〕崱岃：高聳，險峻。

〔十二〕佶傈：健壯。

〔十三〕篔簹：竹的別稱。聯繫下句，這裏指小兒截取青竹竿當竹馬騎。

〔十四〕忽復句：參軍、蒼鶻，皆唐代參軍戲角色名。這裏說衮師模仿參軍戲的劇情。

〔十五〕六甲：唐代一種棋類遊戲。

〔十六〕凝走句：凝走，扭曲著身體跑。香奩，梳妝匣。屈戌，匣盒上的鉸鏈。

〔十七〕律：管束。

〔十八〕峈唾：峈，吐。峈唾，吐唾沫。

〔十九〕臨書：臨摹書帖。

〔二十〕請爺句：爺，唐代稱呼父親為爺，此為李商隱對子自稱。春勝，唐人於立春日，在幡上書寫春字以迎春，稱春勝。

〔二十一〕芭蕉二句：比喻箋紙斜卷如芭蕉業，筆頭像含苞的辛夷花。

〔二十二〕甲乙：指參加科舉考進士科，分甲乙兩等。

〔二十三〕穰苴二句：穰苴，春秋齊國大將，曾任大司馬，後人整理其兵法為著作。張良，漢開國功臣，《史記》載其遇見黃石公贈兵法。這兩句勉勵衮師當棄文學武，建功立業。

〔二十四〕不假句：假，借助。纖悉，瑣碎的文字。

〔二十五〕況今二句：羌戎，指黨項。這裏是說武宗、宣宗年間，黨項為邊患，朝廷連續用兵征討。

〔二十六〕入虎穴：用班超典故，《後漢書·班超傳》載班超出使西域，冒險斬殺匈奴使者，曰：『不入虎穴，焉得虎子？』

〔二十七〕萬户侯：食邑萬戶的侯爵。唐詩中常用以泛指高官厚爵。

〔二十八〕帙：書衣，裝書的布套。

彙評：

《玉谿生詩意》：此擬左思《嬌女詩》而作，雖不及其曲雅，頗有新穎之句。然胸中先有一段感慨方作也。

行次西郊〔一〕作一百韻

蛇年建丑月〔二〕，我自梁還秦〔三〕。南下大散關〔四〕，北濟渭之濱。草木半舒坼〔五〕，不類冰雪晨。又若夏苦熱，燋卷〔六〕無芳津。高田長檞櫪，下田長荆榛。農具棄道旁，饑牛死空墩。依依過村落，十室無一存。存者皆面啼，無衣可迎賓。始若畏人問，及門還具陳。右輔〔七〕田疇薄，斯民常苦貧。伊昔稱樂土，所賴牧伯仁。官清若冰玉〔八〕，吏善如六親。生兒不遠征，生女事四隣。濁酒盈瓦缶，爛穀堆荆囷〔九〕。健兒庇旁婦〔十〕，衰翁舐〔十一〕童孫。況自貞觀後，命官多儒臣。例以賢牧伯，徵入司陶鈞〔十二〕。降及開元中，姦邪撓〔十三〕經綸。晉公忌此事，多錄邊將勳〔十四〕。因令猛毅輩，雜牧升平民。中原遂多故，除授非至尊。或出倖臣輩，或由帝戚恩。中原困屠解，奴隸厭肥豚〔十五〕。皇子棄不乳，椒房抱羌渾〔十六〕。重賜竭中國，强兵臨北邊。控絃〔十七〕二十萬，長臂皆如猿。皇都三千里，來往同雕鳶〔十八〕。五里一換馬，十里一開筵。指顧動白日，煖熱迴蒼旻〔十九〕。公卿辱嘲叱，唾棄如糞丸〔二十〕。大朝〔二十一〕會萬方，天子正臨軒。綵旂轉初旭，玉座當祥煙。金障既特設，珠簾亦高褰〔二十二〕。捋須蹇不顧，坐在御榻前。忤者死艱屨〔二十三〕，附之升頂顛。華侈矜遞衒，豪俊相併吞〔二十四〕。因失生惠養，漸見徵求頻。奚寇東北來〔二十五〕，揮霍如天翻。是時正忘戰〔二十六〕，重兵多在邊〔二十七〕。列城遶長河，平明插旗旛。但聞虜騎入，不見漢兵屯。大婦抱兒哭，小婦攀車轓。生小太平年，不識夜閉門。少壯盡點行，疲老守空村。

生分作死誓，揮淚連秋雲。廷臣例麞怯〔二十八〕，諸軍如羸奔〔二十九〕。為賊掃上陽，捉人送潼關〔三十〕。玉輦望南斗，未知何日旋〔三十一〕。誠知開闢〔三十二〕久，遘此雲雷屯〔三十三〕。送者問鼎大〔三十四〕，存者要高官。搶攘互間諜，孰辨梟與鸞〔三十五〕。千馬無返轡，萬車無還轅。城空鼠雀死，人去豺狼喧。南資竭吴越，西費失河源〔三十六〕。因令左藏庫〔三十七〕，摧毀惟空垣。如人當一身，有左無右邊。筋體半痿痹〔三十八〕，肘腋生臊膻〔三十九〕。列聖〔四十〕蒙此恥，含懷不能宣。謀臣拱手立，相戒無敢先。萬國困杼軸〔四十一〕，內庫無金錢。健兒立霜雪，腹歉〔四十二〕衣裳單。饋餉多過時，高估銅與鉛〔四十三〕。山東望河北，爨煙猶相聯。朝廷不暇給〔四十四〕，辛苦無半年。行人推行資，居者稅屋椽〔四十五〕。中間遂作梗，狼籍用戈鋋〔四十六〕。臨門送節制，以錫通天班〔四十七〕。破者以族滅，存者尚遷延〔四十八〕。禮數異君父，羈縻如羌零〔四十九〕。

直求輸赤誠，所望大體〔五十〕全。巍巍政事堂，宰相厭八珍〔五十一〕。敢問下執事〔五十二〕，今誰掌其權。瘡疽幾十載，不敢扶其根〔五十三〕。國蹙〔五十四〕賦更重，人稀役彌繁。近年牛醫兒〔五十五〕，城社〔五十六〕更扳援。盲目把大旆，處此京西藩〔五十七〕。樂禍忘怨敵，樹黨多狂狷〔五十八〕。生為人所憚，死非人所憐。快刀斷其頭，列若猪牛懸〔五十九〕。鳳翔三百里，兵馬如黃巾〔六十〕。夜半軍牒〔六十一〕來，屯兵萬五千。鄉里駭供億，老少相扳牽〔六十二〕。兒孫生未孩〔六十三〕，棄之無慘顏。不復議所適，但欲死山間。爾來又三歲，甘澤不及春〔六十四〕。盜賊亭午起，問誰多窮民〔六十五〕。節使殺亭吏，捕之恐無因〔六十六〕。咫尺不相見，旱久多黃塵。官健〔六十七〕腰佩弓，自言為官巡。常恐值荒迴，此輩還射人〔六十八〕。愧客問本末，願客無因循〔六十九〕。鄠塢抵陳倉，此地忌黃昏〔七十〕。我聽此言罷，冤憤如相焚。昔聞舉一會〔七十一〕，羣盜為之奔。又聞理與亂〔七十二〕，在人不在天。我願為此事，君前剖心肝。叩頭出鮮血，滂沱污紫宸〔七十三〕。九重黯已隔，涕泗空沾唇。使典作尚書，廝養為將軍〔七十四〕。慎勿道此言，此言未忍聞。

作品背景：

開成二年十二月，李商隱從興元回長安的路上，目睹京西一帶天災人禍，民生凋敝，感慨古今，追溯唐朝百餘年間的治亂興衰史，作此長篇以表達自己的政治見解。開頭描寫路途所見荒涼殘破之景，借與村民的對答，敘述歷史和現況。先追憶貞觀以來，因任用賢臣，治理得法，故天下太平，百姓安居樂業。唐玄宗開元末年，開始任用姦佞，釀成安史之亂，造成國家的空前災難。為了平定安史之亂，對東南橫征暴斂，對西北放棄無為，國家陷入重重危機。而藩鎮割據，宦官專權，宰相尸位素餐，小人夤緣求進。唐文宗為剷除宦官，急於求成，親信鄭注等狹隘狂妄，孤注一擲，最終發生了甘露之變，腥風血雨。兼以貧民走投無路而為盜賊，官兵又藉口捕盜戕害人民，百姓愈發民不聊生，道路安全都不能保證。詩人認為，這一切的關鍵都在於人為，『又聞理與亂，在人不在天』，這是一篇的詩眼。此詩刻意學習杜甫，縱橫百年，畫面宏大，議論深刻，洵為李商隱詩集中最富有思想性的佳作。

選注：

〔一〕西郊：京師西郊。

〔二〕蛇年建丑月：蛇年為開成二年（八三七）丁巳。建丑月，十二月。原作建午月，是五月，而是年冬，李商隱因恩師令狐楚病重，由長安馳赴興元（今陝西省漢中市），十二月奉令狐楚喪回到長安，『建午月』與行蹤不合，且下文『冰雪晨』亦是指冬季，必非五月，據馮浩箋注本改。

〔三〕我自梁還秦：梁，梁州，即興元。秦，關中之地，指代長安。

〔四〕大散關：一作『大散嶺』，在今陝西省寶雞市南郊秦嶺北麓，是入陝必經之地。

〔五〕舒坼：舒展、裂開。這裏指草木生長。

〔六〕燋卷：燋，同焦。燋卷，（草木）乾枯打卷。

〔七〕右輔：即鳳翔府，漢扶風郡地（約今陝西省寶雞市以西，秦嶺以北一帶）。漢武帝時，置京兆尹、左馮翊、右扶風，稱三輔，右扶風即右輔。

〔八〕冰玉：冰清玉潔，形容官員清廉。《晉書·賀循傳》：『帝以循清貧，下詔曰：「循冰清玉潔，行為俗表。」』

〔九〕荆囷：囷，穀倉。荆囷，用荆條編織圍成的穀倉。

〔十〕旁婦：旁妻，即妾。

〔十一〕舐：舔。舐犢之愛。

〔十二〕陶鈞：本義為製造陶器時使用的轉輪，引申為治理國家、培育人才。

〔十三〕撓：擾亂，阻止。

〔十四〕晉公二句：晉公，指李林甫，封晉國公。二句說李林甫嫉賢妒能，因當時文臣做節度使之後，常常出將入相，擔心動搖自己的權位，遂奏請重用蕃將，使安祿山得掌重兵。

〔十五〕中原二句：屠解，屠狗、解牛，形容百姓如牲畜一般任人宰割。厭，同饜，飽飫。二句意類似『朱門酒肉臭，路有凍死骨』。

〔十六〕皇子二句：乳，撫養。椒房，后妃的宮殿，這裏指代楊貴妃。羌渾，指胡人安祿山。這二句是說唐玄宗聽信李林甫讒言，一日賜死三個兒子太子李瑛、鄂王李瑤、光王李琚，而楊貴妃卻認安祿山為干兒子。又，上一句亦有說法認為楊貴妃盛寵時，可能有過加害年幼皇子，棄嬰殺嬰的行為，才符合『棄不乳』的描述，但史料無此記載。

〔十七〕控絃：遊牧民族的騎兵，稱『控絃之士』。《新唐書》載安祿山起兵時，兵力號稱二十萬。

〔十八〕雕鳶：鳶，鷹類。與雕都是猛禽。

〔十九〕蒼旻：蒼，春為蒼天。旻，秋為旻天。這一句是說安祿山炙手可熱，可以改變天氣。

〔二十〕糞丸：蜣螂（屎殼郎）以土包糞，推轉成丸狀。比喻污穢之物。

〔二十一〕大朝：隆重的朝會。天子大會諸侯群臣稱大朝，有別於平日的常朝。唐制，元旦、冬至受群臣朝賀。

〔二十二〕金障二句：寫唐玄宗對安祿山的尊寵優待。《新唐書·逆臣列傳》：『帝登勤政殿，幄坐之，左張金雞大障，前置特榻，詔祿山坐，褰其幄以示尊寵。』

〔二十三〕鞎屨：鞎，通『根』。屨，履，鞋子。這句說觸忤安祿山者，立即會死於踐踏之下。

〔二十四〕豪俊相併吞：指宰相楊國忠和安祿山互相傾軋，促成安史之亂。

〔二十五〕奚冦句：奚冦，指安祿山養同羅、奚、契丹等族士兵，起兵叛亂。東北來，原作『西北來』，與史不合，顯誤，據朱鶴齡集注本改。

〔二十六〕忘戰：天寶年間，中原承平日久，已經不知道戰爭。《新唐書·逆臣列傳》：『時兵暴起，州縣發官鎧仗皆穿朽鈍折不可用，持梃鬭，弗能亢，吏皆棄城匿，或自殺。』

〔二十七〕重兵多在邊：指開元、天寶以來，軍隊多用於對外戰爭，集中於西北邊境。

〔二十八〕麞怯：麞，同『獐』，似鹿而小，膽怯易驚。比喻文臣像麞一樣膽怯。

〔二十九〕羸奔：羸，瘦羊。比喻唐軍如羊一樣奔逃。

〔三十〕為賊二句：上陽，上陽宮，在洛陽。安祿山在洛陽僭號稱帝。潼關，在長安東面，黃河要隘。這兩句是說唐朝降臣為安祿山掃除洛陽的宮殿，又捕捉長安的官員、皇族、宮女、樂工等送出潼關交給叛軍。

〔三十一〕玉輦：指唐玄宗出奔，向西南方向逃入蜀。

〔三十二〕開闢：開天闢地，指代唐朝建立。

〔三十三〕雲雷屯：屯，《周易》卦名，代表艱難、禍亂。雲雷屯，《周易》：『雲雷屯，剛柔始交而難生。』

〔三十四〕送者二句：送者、存者，朝廷和地方使臣往來。問鼎大，用《左傳》典：『（周）定王使王孫滿勞楚子，楚子問鼎之大小輕重焉。』指代有篡逆之意。這裏是說安史之亂後，各地方鎮都有覬覦王室之意，遣使存問朝廷者也借機邀求高官。

〔三十五〕搶攘二句：搶攘，紛亂。互間諜，互相偵伺、戒備、傾軋。梟，奸邪，叛亂不臣者。鸞，忠臣，效力朝廷者。

〔三十六〕南資二句：指安史之亂爆發後，朝廷財政仰給於南方地區，加倍誅求，使得東南財力消耗枯竭，而中原戰亂，西北邊陲空虛，河西、隴右之地遂為吐蕃所侵佔。

〔三十七〕左藏庫：唐代的中央財庫。有左、右藏庫，左藏庫掌天下賦調。

〔三十八〕痿痺：肢體不能行動或失去知覺。

〔三十九〕臊膻：氣味腥膻。

〔四十〕列聖：指肅宗、代宗、德宗、順宗、憲宗幾代皇帝。

〔四十一〕杼軸：本意為織機上的部件，引申為條理、處置。《詩經·小雅·大東》：『小東大東，杼軸其空。』

〔四十二〕腹歉：歉，收成不好，缺少。腹歉，即挨餓。

〔四十三〕高估銅與鉛：唐德宗時，多用銅鉛夾雜，鑄造劣幣，導致貨幣貶值、物價上漲，而因為內庫缺錢，官府發兵餉時不但常常拖延，還以實物折錢計算，故意抬高錢幣價格，克扣士兵實際領到的糧餉。

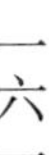

〔四十四〕不暇給：無暇顧及。這裏連同上下句，說山東河北一帶人民為朝廷所不暇顧及，終歲辛苦，卻無半年之糧。

〔四十五〕行人二句：榷、稅，均指征稅。行資，商人的貨物稅。屋椽，唐德宗朝設稅『簡架錢』，也就是向居民征收房產稅。

〔四十六〕中間二句：作梗，干擾，阻擾。狼籍，紛亂。戈鋋，泛指武器。二句指藩鎮抗命，不聽從朝廷，河北諸鎮還相繼起兵叛亂。

〔四十七〕臨門二句：節，旌節。制，制書，皇帝頒發的文書。錫，賜予。通天班，直屬中央朝廷的班子。指當時的節度使多加同中書門下平章事（即宰相）銜。二句指藩鎮跋扈自立，朝廷不但不敢過問，反而遣使送上旌節制書，承認其合法地位，並且加以中央官的職銜以優寵之。

〔四十八〕破者二句：破者，指憲宗朝討平的西蜀劉闢、淮西吳元濟、淄青李師道等藩鎮。以族滅，被族誅。存者，指河北三鎮。尚遷延，還在觀望拖延，繼續割據一方。

〔四十九〕羌零：羌，西戎。零，先零，即西羌。二者泛指唐朝周邊的部落，與唐王朝是羈縻而非隸屬關繫。此句是説割據的河北三鎮無法收復，僅能像對待外族部落一樣羈縻懷柔。

〔五十〕直求二句：直求，豈求。輸赤誠，竭誠效忠。大體：大概的體統。全，保全。這句是説不敢求藩鎮竭誠效忠於朝廷，只希望他們保全大概的體統，名義上臣服於朝廷就行。

〔五十一〕巍巍二句：政事堂，宰相辦公的地方。八珍，泛指美味佳餚。唐代宰相有在政事堂議事時會食的制度。這裏諷刺宰相們尸位素餐。

〔五十二〕下執事：下屬聽候命令者。這裏是古代謙敬詞的表達方式，表面上不直接詢問本人，而委婉請左右隨從轉達詢問。

〔五十三〕扶其根：恢復根本，扶持元氣。字面意義是治療瘡疽要治本，比喻治國方針要務本。

〔五十四〕國蹙：國運艱難，財政窘迫。

〔五十五〕牛醫兒：漢大臣黄憲出身寒微，其父為牛醫，黄憲被人蔑稱為『牛醫兒』。這裏借指引發甘露之變的鄭注，出身低賤，以醫術、煉金術夤緣進身，獲得文宗重用。

〔五十六〕城社句：城社，城狐社鼠的縮略。比喻依託於君王權勢作惡的小人，人們因為投鼠忌器而難以滅除之。扳援，攀援，攀附。

〔五十七〕盲目二句：把大旆，持旌旗，這裏指鄭注被任命為節度使。京西藩，鳳翔府，在長安之西，為京城西面屏障，故稱『京西藩』。大和九年九月，文宗命鄭注任鳳翔節度使。

〔五十八〕狂猘：狂妄狹隘。此句連同上句，指鄭注狂妄自大，睚眦必報，樹敵無數。

〔五十九〕猪牛懸：指梟首示衆。從『生為人所憚』而下，四句連續說鄭注結怨衆多，甘露之變失敗後被殺，梟首示衆，家屬也盡數被屠滅。

〔六十〕鳳翔二句：三百里，指長安到鳳翔三百十五里。黄巾，東漢末年張角起義，稱黄巾軍，這裏指代強盜。二句說朝廷禁軍四出，騷擾民間，有似強盜。

〔六十一〕軍牒：調兵文書。這裏指鄭注被殺後，朝廷派左神策大將軍陳君奕接替鳳翔節度使。

〔六十二〕鄉里二句：駭，害怕。供億，供給軍需，使其安頓。扳牽，挽手，拉手。二句說鄉民受不了禁軍勒索供給，紛紛扶老攜幼逃亡。

〔六十三〕未孩：孩，小兒笑。未孩，即嬰兒還沒長到會笑。此句指百姓受苛政壓迫，無以為生，不得不棄嬰。

〔六十四〕甘澤句：甘澤，農作物生長時節所需要的雨水。此句說春旱嚴重。

〔六十五〕盜賊二句：亭午，中午。上句指光天化日之下盜賊縱橫。問誰多窮民，和上句連看，實爲『問誰爲盜賊，乃多窮民』。

〔六十六〕節使二句：節使，節度使。亭吏，亭長，職責爲捕盜。無因，無法。這兩句說因爲災害和苛政，貧民迫於饑寒鋌而走險，節度使卻不解決根本原因，徒然歸罪於亭長這樣的底層捕盜官，殺了他們，恐怕也不能捕捉到（越來越多的）盜賊。

〔六十七〕官健：州兵。《資治通鑒》：『代宗大曆十二年，定諸州兵。其召募給家糧春冬衣者，謂之官健。』

〔六十八〕常恐二句：荒迥，荒遠的地方。射人，晉・干寶《搜神記》：『其名曰蜮，一曰短狐，能含沙射人，所中者則身體筋急，頭痛、發熱，劇者至死。』這裏比喻害人。這兩句承上『官健』而言，說州兵藉口奉官方命令巡查，可是到了荒遠偏僻的地方就加害百姓。

〔六十九〕因循：馬虎大意。

〔七十〕郿塢二句：郿塢，漢末董卓所筑城塢，在郿縣（今陝西省郿縣）東北。陳倉，鳳翔府寶雞縣（今陝西省寶雞市）舊名。忌黄昏，天晚路上不安全。這兩句説當地治安狀況很差，從郿縣到寶雞一路上，晚間不能行路。

〔七十一〕舉一會：會，士會，春秋晉國的將軍。《左傳》載晉侯任命士會統帥中軍，兼任太傅，晉國的盜賊遂奔逃於秦。

〔七十二〕理與亂：治與亂。唐人避高宗李治諱，治寫作理。

〔七十三〕紫宸：紫宸殿，在大明宫，皇帝常御的内殿。這裏泛指皇帝聽政的處所。

〔七十四〕使典二句：使典，小吏。唐玄宗提拔牛仙客為尚書，張九齡反對，説：『仙客本河湟一使典耳。』厮養，奴僕。當時宦官掌握兵權，而宦官本為皇帝的家奴。這兩句揭露事實，指出將相均非其人，尚書等中樞要職由牛仙客這樣才幹狹小的人擔任，而兵權卻掌握在宦官手裏。

彙評：

《玉谿生詩説》：亦是長慶體裁，而準擬工部氣格以出之，遂衍而不平，質而不俚，骨堅氣足，精神鬱勃，晚唐豈有此第二手？『我聽』以下，淋漓鬱勃，如此方收得一大篇詩住。

《讀雪山房唐詩序例》：李義山《行次西郊百韻》，少陵而後，此爲嗣音，當與《韓碑》詩兩大。

回中〔一〕牡丹爲雨所敗二首（選一）

浪笑〔二〕榴花不及春，先期零落更愁人。玉盤迸淚傷心數，錦瑟驚絃破夢頻。萬里重陰非舊圃，一年生意屬流塵。前溪〔三〕舞罷君迴顧，併覺

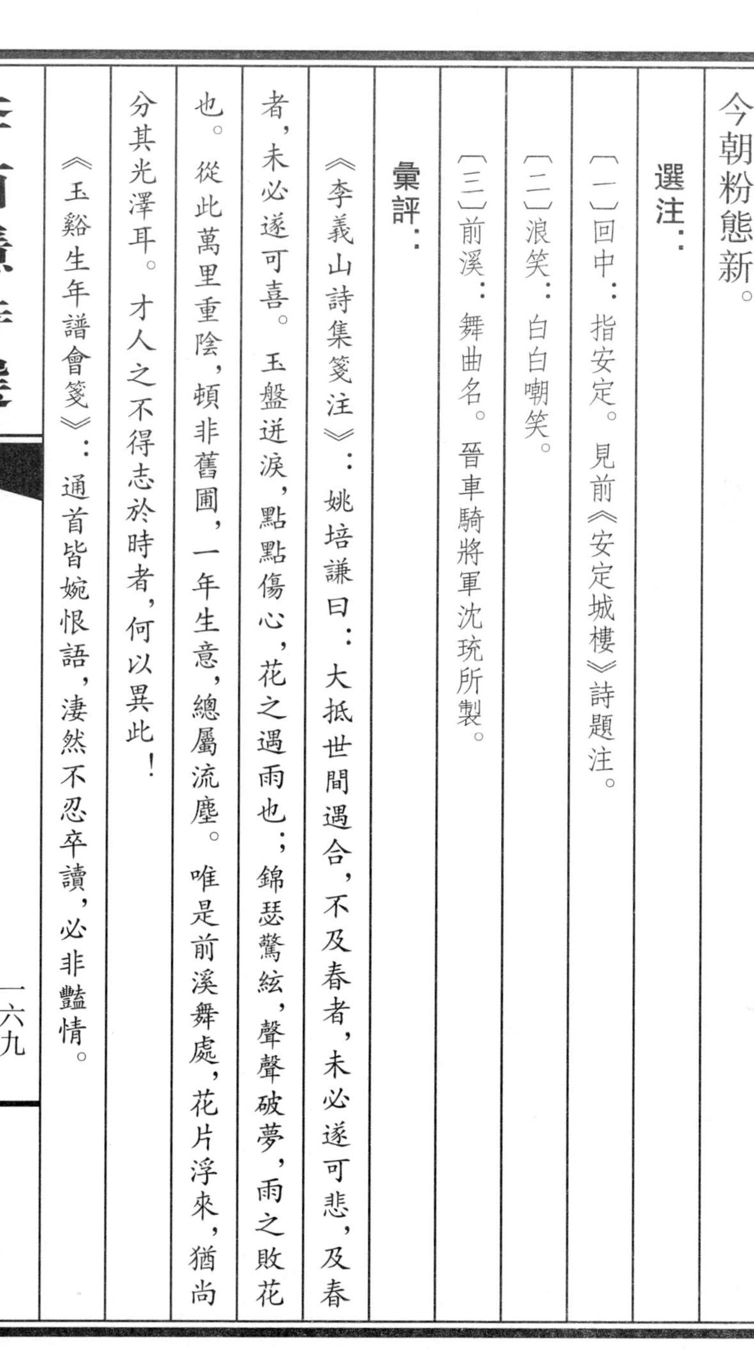

今朝粉態新。

選注：

〔一〕回中：指安定。見前《安定城樓》詩題注。

〔二〕浪笑：白白嘲笑。

〔三〕前溪：舞曲名。晉車騎將軍沈玩所製。

彙評：

《李義山詩集箋注》：姚培謙曰：大抵世間遇合，不及春者，未必遂可悲，及春者，未必遂可喜。玉盤迸淚，點點傷心，花之遇雨也；錦瑟驚絃，聲聲破夢，雨之敗花也。從此萬里重陰，頓非舊圃，一年生意，總屬流塵。唯是前溪舞處，花片浮來，猶尚分其光澤耳。才人之不得志於時者，何以異此！

《玉谿生年譜會箋》：通首皆婉恨語，淒然不忍卒讀，必非豔情。

《玉谿詩箋舉例》：假物寓慨，隱而能顯，是徐熙、惠崇畫法。

木蘭花

洞庭波冷曉侵雲，日日征帆送遠人。幾度木蘭舟〔一〕上望，不知元是此花身。

選注：

〔一〕木蘭舟：用木蘭樹造的船。南朝梁任昉《述異記》：『木蘭洲在潯陽江中，多木蘭樹。昔吳王闔閭植木蘭於此，用構宮殿也。七里洲中，有魯般刻木蘭為舟，舟至今在洲中。詩家云木蘭舟，出於此。』常用為船的美稱。

彙評：

宋·李頎《古今詩話》：李義山遊長安，投宿旅店，適會客，因召與坐，不知為義山也。酒酣，客賦《木蘭花》詩，衆皆誇示。義山後成，詩曰：『洞庭波冷曉侵雲……』坐客大驚，詢之，方知是義山。

李商隱年譜簡編

李商隱，字義山，號玉谿生，又號樊南生。

祖籍懷州河内（今河南省沁陽市），至祖父遷居於鄭州滎陽。

自述為涼武昭王李暠之曾孫李承後裔，與唐皇室同宗。高祖涉，字既濟，美原縣令；曾祖叔恒（一作叔洪），安陽縣尉；祖俌，字叔卿，邢州錄事參軍；父嘉，獲嘉縣令。姊妹兄弟可考者：姊三：伯姊、裴氏仲姊、徐氏姊；弟一，羲叟。

唐憲宗元和七年壬辰（八一二）：約此年出生。一歲。裴氏仲姊卒於獲嘉，年十九。

元和八年癸巳（八一三）：二歲。隨父在獲嘉任上。

元和九年甲午（八一四）：三歲。父罷縣令，入浙東幕府。隨父到浙東。

元和十年乙未（八一五）：四歲。隨父在浙東越州。

元和十一年丙申（八一六）：五歲。隨父在浙東越州。開始讀經。

元和十二年丁酉（八一七）：六歲。隨父到浙西潤州。

元和十三年戊戌（八一八）：七歲。隨父在浙西潤州。開始學詩撰文。

元和十四年己亥（八一九）：隨父在浙西潤州。

元和十五年庚子（八二〇）：九歲。隨父在浙西潤州。

唐穆宗長慶元年辛丑（八二一）：十歲。父卒，歸喪鄭州。自述『四海無可歸之地，九族無可倚之親』。

長慶二年壬寅（八二二）：十一歲。在鄭州居父喪。

長慶三年癸卯（八二三）：十一歲。除父喪，占籍鄭州，傭書販舂為生。與弟羲叟均由從叔處士李某教授經典，學為文章。

長慶四年甲辰（八二四）：十三歲。居鄭州。

唐敬宗寶曆元年乙巳（八二五）：十四歲。居鄭州。

寶曆二年丙午（八二六）：十五歲。約此年以後，學仙玉陽。

唐文宗大和元年丁未（八二七）：十六歲。約此年結束學道。著《才論》《聖論》（均佚）二文，以古文為士大夫所知。徐氏姊卒。

大和二年戊申（八二八）：十七歲。約此年前後離家求仕。

大和三年己酉（八二九）：十八歲。從叔處士李某卒。本年三月後，以所業文謁見令狐楚於東都，楚奇其才，使與諸子遊。歲末，受令狐楚聘請入其天平軍節度使幕府為巡官，隨楚至其駐地鄆州。此年或曾於東都謁見太子賓客分司白居易。

大和四年庚戌（八三〇）：十九歲。在鄆州令狐楚幕。楚授以駢體章奏法。

大和五年辛亥（八三一）：二十歲。在鄆州令狐楚幕。正月，得令狐楚資助，於長安參加進士試，不第，仍返鄆州。

大和六年壬子（八三二）：二十一歲。正月於長安第二次參加進士試，仍下第。作上令狐楚狀。同年令狐楚任太原尹、北都留守、河東節度使，商隱入其幕。

大和七年癸丑（八三三）：二十二歲。第三次應舉，下第。令狐楚任檢校右僕射、兼吏部尚書，太原幕罷，商隱回鄭州，謁見鄭州刺史蕭澣。又至華州，依其從表叔華州刺史崔戎，入其幕府，代擬表奏。

大和八年甲寅（八三四）：二十三歲。因病未應試。正月在華州崔戎幕，四月隨戎赴兗州。戎卒後，西歸鄭州。冬，赴長安，道經洛陽。

大和九年乙卯（八三五）：二十四歲，春，應舉不第。往來長安、鄭州之間。歲末在鄭州，為『鄭州天水公』上表言事。

唐文宗開成元年丙辰（八三六）：二十五歲。春夏在長安。或於此時與洛中里娘柳枝有短暫情緣。

開成二年丁巳（八三七）：二十六歲。春，應舉，因令狐楚之子令狐綯向知貢舉高鍇極力延譽，商隱得以登進士第。春末，東歸濟源省母。冬，興元尹、山南西道節度使令狐楚病重，商隱由長安赴興元，代楚草遺表。十二月，奉楚喪歸長安。

開成三年戊午（八三八）：二十七歲。春，應吏部博學宏詞科試，已為考官所取，並擬注官，旋為『中書長者』抹去，落選。赴涇原節度使王茂元幕。王茂元愛其才，以女嫁之。因此觸令狐綯之忌，認為他『背家恩』。

開成四年己未（八三九）：二十八歲。春，以書判拔萃釋褐為秘書省校書郎，調為弘農尉，因活獄忤觀察使孫簡，將罷官，逢姚合代簡，使還官。

開成五年庚申（八四〇）：二十九歲。任弘農尉。至九月下旬，得河陽節度使李執方資助，由濟源移家長安樊南。十月抵長安。旋赴陳許節度使王茂元幕，十一月抵達許州。在王幕月餘，歲末離許州，至華州周墀幕。

唐武宗會昌元年辛酉（八四一）：三十歲。在華州周墀幕。

會昌二年壬戌（八四二）：三十一歲。春，再以書判拔萃重入秘書省為正字。冬，喪母，丁憂居家。

會昌三年癸亥（八四三）：三十二歲。在京守母喪。岳父王茂元卒。徐氏姊夫卒於浙東。本年曾至洛陽、河陽、懷州等地。

會昌四年甲子（八四四）：三十三歲。正月為處士叔、裴氏姊、小侄女寄寄遷葬滎陽壇山，作祭文。暮春，自樊南移家永樂。本年曾來往於太原、霍山、介休等地。

會昌五年乙丑（八四五）：三十四歲。春，應從叔鄭州刺史李褒之招赴鄭州。夏秋，與家人居洛陽。十月母喪服闋，一度入京，後復返洛陽。

會昌六年丙寅（八四六）：三十五歲。在長安，重官秘書省正字。子衮師生。

唐宣宗大中元年丁卯（八四七）：三十六歲。受桂管觀察使鄭亞辟，入桂林幕。三月離京，六月抵達桂林。冬，奉鄭亞之命使荊南，途中編定《樊南甲集》。

大中二年戊辰（八四八）：三十七歲。正月，自江陵歸桂林，途徑黃陵，與劉蕡會晤並贈詩相別。因鄭亞貶循州，商隱於三、四月北歸。五月在湖南觀察使李回幕逗留。六月抵江陵，秋自江陵返長安。冬，在長安選為盩厔尉。

大中三年己巳（八四九）：三十八歲。選為盩厔尉後，謁見京兆尹鄭涓，涓留其假參軍事，專章奏。在長安與杜牧有來往，贈詩。十月，受武寧節度使盧弘止辟，入徐州幕，為判官，得侍御銜。歲末抵徐州。弟羲叟於本年釋褐秘書省校書郎，改授河南府參軍。

大中四年庚午（八五〇）：三十九歲。春夏間在徐州幕，約五、六月，盧弘止調宣武節度使，商隱隨其到汴州。又奉使入關。

大中五年辛未（八五一）：四十歲。妻王氏或卒於此年初。盧弘止卒於汴州，商隱罷汴幕歸京，夫妻未能見面。商隱窮蹙，復干謁令狐綯，得補太學博士。七月，受東川節度使柳仲郢辟，十月抵梓州，任節度判官。十二月，赴西川推獄。曾謁見西川節度使杜悰，獻詩文。

大中六年壬申（八五二）：四十一歲。在梓州柳仲郢幕。春初自西川返梓，五月，西川節度使杜悰遷淮南節度使，商隱奉命往渝州界首迎送。

大中七年癸酉（八五三）：四十二歲。在梓州柳仲郢幕。十一月，編定《樊南乙集》。本月中下旬，啟程返回長安。

大中八年甲戌（八五四）：四十三歲。春，抵長安。短暫停留後，暮春，啟程返梓州。四月抵梓。

大中九年乙亥（八五五）：四十四歲。在梓州柳仲郢幕。十一月，柳仲郢内徵為吏部侍郎，商隱年末或來年初，隨柳返京。

大中十年丙子（八五六）：四十五歲。約暮春抵長安。居永崇里。柳仲郢奏商隱為鹽鐵判官。歲暮出關赴洛。

大中十一年丁丑（八五七）：四十六歲。任鹽鐵判官。正月在洛陽，約暮春遊江東。在揚州、金陵等地有詠史覽古之作。

大中十二年戊寅（八五八）：四十七歲。罷鹽鐵判官，還鄭州，未幾病卒。